Oeuvres
de jeunesse

GEORGES SIMENON

Oeuvres de jeunesse

Jehan Pinaguet
Au pont des Arches
Les Ridicules

Libre Expression

Presses de la Cité

© Éditions Libre Expression
2016, rue Saint-Hubert,
Montréal, H2L 3Z5

Dépôt légal:
4e trimestre 1991

ISBN 2-89111-503-1

PRÉFACE

C'est en janvier 1921, sous la signature de Georges Sim, que paraît, à l'imprimerie Bénard de Liège, *Au Pont des Arches*, sous-titré : « Petit roman humoristique de mœurs liégeoises ». Le premier des quelque quatre cents romans que Simenon publiera sous son nom ou sous divers pseudonymes jusqu'en 1973.

Né en février 1903, il a donc dix-sept ans et demi lorsqu'il achève ce « petit roman » en septembre 1920. Tiré à 1 500 exemplaires, il ne lui apportera pas la fortune, mais le jeune auteur vit de sa plume depuis l'âge de quinze ans et onze mois très exactement — depuis son entrée à *La Gazette de Liège*, le 6 janvier 1919[1].

Il ne s'attendait pas à une carrière de journaliste, il rêvait de devenir médecin... C'est le médecin de famille, justement, qui lui apprend que ce sera impossible : les

---

1. Voir Jean-Christophe Camus, *Simenon avant Simenon*, Didier-Hatier, Bruxelles, 1989. Mathieu Rutten, *Simenon. Ses origines. Sa vie. Son œuvre*, Wahle et Cie, Nandrin (Belgique), 1986.

I

jours de son père sont comptés, fini l'espoir de longues études.

Aussitôt — en juin 1918 —, Georges quitte le collège Saint-Servais et se met en quête d'un travail. Sa mère le pousse, comme apprenti, chez un pâtissier de la rue Jean d'Outremeuse. Pendant quelques semaines, Henriette Simenon imagine son fils un jour patron respecté d'une belle boutique.

Mais en novembre, il trouve un emploi plus adapté à sa personnalité de dévoreur de livres : commis à la librairie George-Renkin, 108 rue de la Cathédrale. En attendant que l'avenir s'intéresse à lui, il époussette des livres, donne des coups de gomme, colle des étiquettes. Jusqu'au jour où il est renvoyé pour avoir eu la candeur de corriger son patron en présence d'un client.

Simenon a raconté les circonstances de ce renvoi dans diverses interviews, et dans *Pedigree* où il s'incarne sous le nom de Roger Mamelin. Le patron, beaucoup moins érudit que son effronté de commis, avait attribué le *Capitaine Pamphile* d'Alexandre Dumas à... Théophile Gautier, auteur du *Capitaine Fracasse*[1].

C'est en battant le pavé, à la recherche d'un patron mieux informé — ou moins susceptible —, que le jeune chômeur passe devant les bureaux du quotidien *La Gazette de Liège*. Il lui vient l'idée d'entrer et de demander, le plus naturellement du monde, qu'on l'engage comme journaliste. Il a déjà noirci des quan-

---

1. Pour permettre au lecteur d'évaluer l'étendue de l'ignorance patronale, rappelons que le capitaine Fracasse est le nom sous lequel se fait connaître à la scène un hobereau de bonne famille mais ruiné ; le capitaine Pamphile, qui a donné son nom au roman de Dumas, n'est autre qu'un chat.

tités de pages de sa fine écriture, même s'il ne les a jamais publiées. Et puis, ne vient-il pas de troquer, quelques jours plus tôt, ses culottes d'adolescent contre sa première paire de pantalons ?

Séduit par le culot de son jeune visiteur, Joseph Demarteau, directeur-rédacteur en chef de *La Gazette*, l'engage, au salaire de 45 francs par mois... Après l'avoir mis à l'épreuve : un article sur le marché aux chevaux, paru le 7 janvier 1919. Pendant quatre ans, jusqu'à son départ pour Paris le 10 décembre 1922, Simenon va vivre l'expérience qu'il recommande à tous les aspirants romanciers[1]. Il va mettre la main à tout. Chiens écrasés et faits divers qu'il récolte chaque jour dans la tournée des commissariats de police ; reportages divers (coups de grisou ou explosions d'obus trouvés dans les champs) ; grands et petits procès ; comptes-rendus des vins d'honneur, banquets, congrès, chronique des beaux mariages et des œuvres de bienfaisance (« L'Œuvre de l'œuf au soldat ») ; interviews de personnalités (le maréchal Foch...) ; comptes-rendus des conférences culturelles ; critiques de théâtre, de cirque, et même d'opéra, quand le titulaire de la rubrique est absent...

J. C. Camus, dans son étude *Simenon avant Simenon*, évalue sa collaboration à *La Gazette* à environ 1 500 articles divers, plus une vingtaine de contes et 800 billets *Hors du poulailler*, signés M. Le Coq[2]. Georges Sim collabore également, de façon plus épisodique, à un

1. Voir Francis Lacassin, *Conversations avec Simenon*, Éditions de la Sirène, 1990.
2. On trouvera un échantillon de cette collaboration dans F. Lacassin et G. Sigaux, *Simenon*, Plon, 1973. Et dans J. C. Camus, *Simenon avant Simenon*, Didier-Hatier, 1989.

périodique satirique, *Nanesse*. Il joue les Rouletabille dans son reportage sur « La Mystérieuse Maison du quai de Maestricht », et les redresseurs de tort, en enlevant (avec un charreton à bras) des caisses de précieux périodiques à l'abandon depuis des mois dans les couloirs de l'hôtel de ville.

Entre-temps, son salaire est passé progressivement de 45 à 250 francs par mois (son père, Désiré, employé dans une compagnie d'assurances, en gagne 180 après des années de « bons et loyaux services »). Le jeune Sim gagne bien sa vie, mais cela ne lui suffit pas : sa vie tout court se double d'une « vie de bohème ». Il est un habitué des restaurants et des boîtes de nuit, entretient une maîtresse dans un appartement près de l'hôpital de Bavière, participe à des beuveries dans un cercle, « la Caque », formé surtout de jeunes peintres en quête de notoriété. C'est grâce à cette activité nocturne qu'il fait la connaissance de sa future femme, Régine Renchon, qu'il surnomme Tigy. Artiste peintre, elle l'encouragera à s'installer à Paris.

Ces années d'apprentissage, et leurs coulisses agitées, se retrouveront, romancées, en 1934 dans *L'Ane rouge*, *La Gazette* étant transportée de Liège à Nantes, et le héros Jean Cholet offrant un portrait (pas du tout flatté) de son modèle Georges Sim. Il évoquera plus spécialement la Caque, et les drames qui l'ont marquée, dans *Le Pendu de Saint-Pholien* et *Les Trois crimes de mes amis*.

A partir de novembre 1919, Georges Sim ajoute des contes, une vingtaine au total, à son activité de journaliste. Une demi-douzaine de ces courts récits ont précédé la parution du *Pont des Arches : Une idée de* génie, *L'Œillet blanc, Eugénie, Prends ton parapluie!*, *Un mari qui a tué sa femme, Pas de chance, Histoire d'un Napoléon couronné...*

Le sous-titre qui souvent accompagne ces morceaux, « Conte gai », et la verve satirique de M. Le Coq dans ses billets *Hors du poulailler*, montrent que Georges Sim se sent une vocation d'humoriste. Il admire pêle-mêle Rabelais, Tristan Bernard, l'Anatole France de *La Rôtisserie de la reine Pédauque* et des *Contes de Jacques Tournebroche*, et le tonitruant Léon Daudet — ce polémiste rabelaisien et monarchiste qui n'hésitait pas à traiter Georges Clemenceau de « tête de mort sculptée dans un calcul biliaire » ! Il est donc naturel que la première œuvre du romancier débutant participe d'un genre — l'humour — qui l'inspire et dont il a acquis une certaine pratique.

L'imprimerie Bénard exigeait trois cents souscriptions avant de commencer le tirage. L'auteur les ayant réunies au moment des fêtes, il pourra offrir comme étrennes pour l'an 1921 ce « Petit roman humoristique de mœurs liégeoises » aux habitants de cette ville. Ils semblent l'avoir bien pris, si l'on en croit les comptes-rendus de la presse locale [1].

Certains lecteurs ont dû s'amuser un peu plus que d'autres : aidés par les illustrations des peintres de la Caque appelés en renfort (Luc Lafnet, Jef Lambert, Ernest Fargeur, Joseph Coulon), ils ont reconnu dans les personnages de fiction les travers et l'apparence de quelques proches de l'auteur. Celui-ci avouera en 1945

---

1. Voir l'ouvrage cité de J. C. Camus.

avoir pris pour victimes « ceux-là qui venaient de me tendre une main cordiale et indulgente[1]. »

En particulier, il avait croqué Joseph Demarteau, le directeur de *La Gazette de Liège,* sous les traits du pharmacien inventeur de « pilules purgatives pour pigeons » : « Avec sa redingote noire et polie, sa barbiche grisâtre qui finit en pointe, mais commence un peu partout sur son visage, Joseph Planquet a un aspect vieillot... »

Cette... amabilité explique peut-être le triste sort réservé à son second roman. Encouragé par l'accueil fait au premier, Georges Sim se met à en écrire un autre ; peut-être sur le même guéridon d'acajou de sa mère qui avait vu naître *Au Pont des Arches* et dont il se souvient encore un demi-siècle plus tard.

Jehan Pinaguet ou Histoire d'un homme simple est achevé le 6 avril 1921. « Il s'agissait des pérégrinations d'un homme simple et assez fruste, les yeux avides du spectacle de ma bonne ville de Liège, aux narines larges ouvertes aux odeurs du marché, aux fruits et aux légumes, dont la passion était de baguenauder dans les rues, tour à tour cocher de fiacre, puis garçon de café, puis commis en librairie[2]. » « *Jehan Pinaguet* a failli être publié. Une femme sur le retour qui tenait une imprimerie s'était prise d'intérêt pour moi et m'offrait de l'éditer à son compte[3]. »

1. Dans l'étude « Le Romancier », publiée dans *The French Review,* 1960.

2. *On dit que j'ai soixante-quinze ans* (Dictée n° 16), Presses de la Cité, 1980.

3. *Un homme comme un autre* (Dictée n° 1), Presses de la Cité, 1975.

VI

Et pourtant ce roman est resté enfoui dans les archives de l'auteur jusqu'à la présente édition. Pourquoi ? En raison — nous dit-il — d'un veto du rédacteur en chef de *La Gazette de Liège* qui le convoque un beau matin pour lui tenir ce langage ferme :

« — Mon petit Sim, vous avez le choix. Ou bien vous publiez votre livre et vous nous quittez, ou bien vous y renoncez et vous restez avec nous.

» Comme je ne savais rien faire d'autre que le métier de reporter, j'ai renoncé[1]. »

Simenon ne dit pas par quel concours de circonstances son manuscrit a pu parvenir sous les yeux de Joseph Demarteau. (Peut-être l'avait-il soumis spontanément pour se prémunir contre une mauvaise surprise à la publication ?) Mais il précise que ce veto était suscité par la présence auprès du héros d'un vieux prêtre « qui, sentant le fagot et sentant aussi le vin et le genièvre, s'était vu retirer de ses fonctions tout en gardant le droit de célébrer la messe de six heures du matin dans une institution religieuse ».

Certes, il n'est pas recommandé de donner la vedette d'un roman à un « mauvais prêtre » quand l'auteur est par ailleurs rédacteur d'un quotidien conservateur et clérical. Mais il est probable que l'indignation de Joseph Demarteau se nourrissait — nous le verrons — d'autres griefs plus profonds. Sa réaction rendra le jeune Sim prudent.

Le troisième accès de rosserie auquel il se livrera par la voie du livre sera plus confidentiel, réservé à ses

---

1. *On dit que j'ai soixante-quinze ans.*

seules victimes. Et l'auteur ira même jusqu'à composer et tirer lui-même son petit brûlot sur les presses de *La Gazette de Liège*. Il le raconte en 1979, dans l'une de ses *Dictées* : « Du temps de la Caque, à Liège, j'ai écrit un fascicule dans lequel je faisais un portrait assez acide de mes amis et de moi-même, et je ne m'épargnais pas puisque, dans la dernière page, je disais que le plus ridicule de tous était moi. Ce fascicule a été composé à la main à *La Gazette de Liège* et imprimé sur du très beau papier à la presse de bois. J'en ai donné à chacune de mes victimes, c'est-à-dire dix ou douze en tout[1]. »

Simenon se trompe en citant de mémoire, cinquante-huit ans après, un texte dont il ne possédait plus un seul exemplaire. Ses « victimes » n'étaient que quatre et le tirage n'a pas dû excéder six exemplaires, l'un d'entre eux étant réservé à Régine Renchon.

Les Ridicules !, plaquette de vingt-trois pages sous-titrée « Portraits », porte la dédicace imprimée : « A ma Régine, pour ses étrennes ». Une offrande en avance sur le calendrier : le texte, suivi de l'indication 24-25 novembre 1921 a été tiré aussitôt, l'auteur devant effectuer son service militaire en Allemagne dès le début du mois suivant.

Les Ridicules ! ont vu le jour dans les plus mauvaises circonstances possibles : peu avant le décès brutal et prématuré du père de l'auteur. Quant à la réaction des « victimes », on peut la mesurer au fait que leurs ayants-droit ou parents n'ont jamais trouvé trace de cette curiosité bibliophilique dans leur héritage. Il est vrai que Georges Sim n'avait guère ménagé ses amis.

1. *Point-virgule*, 1979.

Aucun n'était nommé, mais l'auteur les décrivait avec une férocité si précise qu'ils ne pouvaient avoir aucun doute quant aux dégâts infligés à leur amour-propre.

Il imaginait la réunion, dans l'atelier de « sa » Régine, de quatre peintres de la Caque qu'il écoutait et regardait se pavaner. Il explique pourquoi deux d'entre eux ne se rencontrent jamais l'un sans l'autre : « Car le futur académicien qui a déjà la superbe de sa gloire à venir n'est rien, pas même académicien, sans le naïf éphèbe, et celui-ci, de son côté, ne pourrait vivre vingt-quatre heures sans l'aide de son ami [...] Parce que mes deux lascars ne parviennent à constituer un homme qu'en mettant ensemble leurs facultés à tous deux. »

Un autre dont la femme vient d'accoucher « serait un brave garçon sans ridicule s'il ne s'était mis en tête de jouer son petit bourru, son rustre. Parce qu'il veut paraître une brute indomptée il n'est plus en réalité qu'un pantin falot dont les gestes n'ont aucun sens. [...] Pourquoi faut-il que son cœur ne contienne le moindre instinct farouche ; pourquoi les dieux, ironisant sans doute, bourrèrent-ils cette peau de lion de molle timidité ? »

Il reproche à un autre : « ... Pourquoi faut-il que ces pensées que tu exprimes avec tant de chaleur, et qui te valent une petite cour d'aspirants artistes, pourquoi faut-il que ces pensées, ce soit aux autres que tu les voles ?... Cinq minutes te suffisent pour dévaliser un ami de tout ce qu'il a dans la cervelle ; et cinq autres minutes ne te sont même pas nécessaires pour trouver un auditeur auprès duquel tu liquideras ton larcin. A force de te gaver de l'esprit des autres, le tien souffre d'indigestion, et périodiquement, c'est au vin qu'incombe le besoin de le purger. »

Ainsi de suite, pendant vingt-trois pages... Le plus étrange est que le coupable se soit étonné de l'accueil peu amical réservé par les victimes à ses gracieusetés. Le moins étrange est que le seul exemplaire des *Ridicules !* à avoir survécu soit celui de Régine Renchon (aujourd'hui conservé par le Fonds Simenon de l'Université de Liège).

La dernière tentative littéraire de Georges Sim, en 1922, avant son départ pour Paris, a pour origine un personnage dont le nom est familier aux admirateurs de Maigret : Simenon l'a donné au chef du laboratoire de la Police judiciaire. Henri J. Moers, rédacteur au *Journal de Liège*, a convaincu Georges Sim d'écrire un roman policier humoristique, *Le Bouton de col*. Une sorte de parodie de Sherlock Holmes : l'intrigue met en scène un de ses rivaux, le détective anglais Gom Gutt. La trouvaille de ce nom revient sans doute à Simenon, car il l'a utilisé plus tard pour signer les contes galants qu'il adressait aux journaux parisiens... et polissons.

Le Bouton de col n'est pas l'œuvre du seul Simenon, ce qui explique son absence ici ; les chapitres sont écrits alternativement par les deux compères. Il représente cependant, avec deux articles de *La Gazette* sur le docteur Locard et sur la police scientifique [1], les plus anciens signes de l'intérêt de Simenon pour l'enquête

---

1. *La Gazette de Liège*, 3 juin et 4 juin 1921. Edmond Locard (1877-1966), fondateur du Laboratoire de police technique de Lyon, a laissé de nombreux ouvrages sur le sujet. Entre autres un *Manuel de technique policière* et un *Traité de criminolistique* en 7 volumes. Et *La Police. Ce qu'elle est. Ce qu'elle devrait être*, Payot, 1919 ; c'est l'ouvrage dont rend compte Georges Sim.

policière. Simenon n'en a pas moins exécuté cette tentative préhistorique, avec sévérité, dans la dictée *Un homme comme un autre* (1975).

« Il y a quelques années, Moers en a retrouvé le manuscrit qu'il m'a gentiment envoyé. J'ai essayé de le relire. Je ne suis pas arrivé à la fin de la quatrième page. Si, parmi les manuscrits qu'on m'envoie, il y en avait un aussi mauvais, je me croirais en devoir de répondre à l'auteur de faire n'importe quel métier, fût-ce éboueur, en aucun cas de la littérature, même humoristique. »

Eh bien, Simenon aurait tort d'éconduire ainsi un débutant ! Son propre exemple nous le prouve : les maladresses et les erreurs de Georges Sim ne l'ont pas empêché de devenir un écrivain de renommée mondiale.

Je pense, quant à moi, qu'un grand écrivain se laisse deviner jusque dans les ébauches et les balbutiements de ses débuts, jusque dans les travaux alimentaires auxquels il croit n'apporter qu'une participation indifférente. Je l'ai démontré en quelques circonstances à Simenon lui-même, suscitant alors chez lui un étonnement ravi.

Ainsi, en 1975, à une époque où il occultait farouchement toute œuvre antérieure à 1931, m'a-t-il permis de rééditer aux Editions d'Aujourd'hui l'introuvable *Au Pont des Arches*, dont il ne possédait d'ailleurs qu'un unique exemplaire acquis vers 1950. Il s'agissait d'un tirage limité à 400 exemplaires, réalisé en fac-similé avec les illustrations, au moyen du propre exemplaire de l'auteur. Pour se pardonner d'avoir prêté la main à ce qu'il considérait comme une malhonnêteté intellectuelle, Simenon se disait que cette réimpression lui permettrait d'offrir un exemplaire de son premier livre à chacun de ses enfants.

Emerveillé par les résultats et par la possibilité de faire revivre les livres morts ou perdus, il suggéra de lui-même la publication de *Jehan Pinaguet*. Mais ce roman n'existait que sous forme dactylographiée. Le faire recomposer aurait renchéri le prix des 400 exemplaires, à moins d'envisager une édition de luxe, ce qu'aucun d'entre nous ne souhaitait. Simenon proposa alors de rééditer en fac-similé *Les Ridicules!* Mais il s'avéra que le seul exemplaire existant appartenait à sa première femme, et il ne souhaitait pas le lui emprunter en raison de l'ancien contexte affectif dans lequel cette plaquette était née.

C'est donc avec quinze ans de retard qu'est enfin accomplie la résurrection de ces trois textes arrachés au passé. Mais chacun d'eux apporte sa révélation pour retracer la genèse du talent de Simenon.

A première vue, *Les Ridicules!* semblent relever de la simple curiosité, comme un exemple des trésors de férocité que peut dépenser un adolescent habile à mettre les rieurs de son côté. Et pourtant... Le texte débute par l'énoncé d'un principe que ne pourraient renier ni le commissaire Maigret ni Simenon auteur de romans non-Maigret, attachés l'un et l'autre à comprendre l'homme par l'exploration de son décor familier : « Les peintres commettent à mon sens une faute contre la logique en peignant d'abord le personnage d'un portrait, pour s'occuper ensuite du décor. L'individu, en effet, n'acquiert toute sa psychologie que présenté dans le cadre qui lui est propre et sans lequel il ne sera souvent qu'une énigme. »

Lorsqu'il écrit *Au Pont des Arches*, l'auteur n'a pas encore compris que le meilleur moyen de captiver, de capturer même, le lecteur est de lui permettre de s'identifier à un personnage qui est le théâtre d'une crise qui se noue et se dénoue comme une tragédie classique. Il nous décrit au contraire une crise transparente, sans creux ni nœuds, et il hésite d'ailleurs sur le personnage qui assume la crise. Prenant le risque de créer une fracture dans l'intrigue romanesque, il développe un personnage, Paul Planquet (le fils du pharmacien), dans la première partie, et son oncle, Timoléon Planquet, dans la deuxième.

Mais ce premier roman, maladroit dans sa construction, nous montre les qualités naissantes de l'auteur : son sens de l'observation et du détail, son habileté à faire vivre un décor, à suggérer une atmosphère, son goût des petites gens, lequel sera spécifique du Simenon à venir. Quelques thèmes qui lui deviendront familiers, déjà, s'esquissent. La vision indulgente de l'adolescent à deux doigts de prendre le mauvais chemin et qui sera sauvé des expédients par un adulte compréhensif.

Paul Planquet, le fils dissipé et bohème du pharmacien, c'est le jeune Simenon lui-même tel qu'il était au moment où il écrivait son roman. L'adulte compréhensif n'est pas son père, mais le frère de son père : Timoléon, l'oncle à héritage. Ce transfert affectif qui dénature le rapport père-fils cher au Simenon du *Destin des Malou*, de *Pedigree*, de *L'Ane rouge*, de *La Danseuse du Gai-Moulin*, cette altération, s'expliquent sans doute par le respect que l'auteur vouait à son père, alors vivant, ne voulant pas l'identifier au pharmacien ridicule. Il n'en est pas moins vrai que la situation du

XIII

couple du *Pont des Arches* — femme dominatrice-homme dominé — est inspirée par les parents de l'auteur ; il aura l'occasion de la reproduire dans d'innombrables couples.

L'oncle Timoléon, enfin, est une esquisse de l'étranger dont l'intrusion dans une communauté familiale *(Chez Krull)* ou urbaine *(Un nouveau dans la ville)* provoque une rupture de l'équilibre dont elle jouissait, ou du sous-équilibre dont elle se contentait.

Il est surprenant de voir à quel point un court roman de début comme *Au Pont des Arches* contient, même sous forme d'esquisses, un cocktail des thèmes qui feront vivre l'inspiration de Simenon pendant les deux cents romans suivants.

Jehan Pinaguet permet aussi des constatations intéressantes si l'on ne se laisse pas abuser par l'archaïsme dont l'auteur enveloppe son histoire. *Jehan Pinaguet* est un roman médiéval au sens initiatique. Non pas celui d'un chevalier ou d'un compagnon du tour de France qui s'améliore ou s'épure d'épreuve en épreuve, de cité en cité, mais le parcours d'un jeune campagnard qui, à travers les épreuves de la grande ville, fait l'apprentissage de la vie en passant de métier en métier.

Pour souligner la référence au roman médiéval, l'auteur joue sur l'état-civil du jeune homme, sur l'environnement picaresque (marchés, querelles) qu'il traite en notations rabelaisiennes, sur le décor : celui du vieux Liège que le héros découvre depuis la fenêtre de l'antique hostellerie du *Boulet d'Or*.

En logeant le jeune Pinaguet dans cette auberge des bords de Meuse, Simenon reproduit — comme il le signale lui-même — la situation de base qu'il a empruntée à un roman d'Anatole France situé au XVIIIᵉ siècle, *La Rôtisserie de la reine Pédauque.*

Dans cet établissement respectable, trône, parmi un cercle de convives d'extraction sociale diverse, le truculent abbé Jérôme Coignard, autant rabelaisien que voltairien (Anatole France s'étant inspiré du très véridique abbé Montfaucon de Villars, assassiné sur la route de Lyon pour avoir divulgué des connaissances ésotériques interdites). Les conversations philosophiques et variées de ces convives contribuent à la formation intellectuelle du jeune Jacques Tournebroche, fils du maître des lieux.

Il en est de même pour Jehan Pinaguet, sauf que les convives du *Boulet d'Or* ignorent jusqu'à l'existence de l'abbé Chaumont, qui vit reclus dans une « vieille maison du faubourg, aux briques sales, aux fenêtres ornées de chemises enflées, de bas reprisés, de jupons béants empestant la lessive ».

Ce vieux prêtre érudit, farouchement fidèle aux vœux de pauvreté et de chasteté, ressemble moins au truculent Jérôme Coignard qu'à l'archiviste municipal Gobert qui fit profiter de son érudition et de ses conseils le débutant Georges Sim.

L'abbé Chaumont aurait plu au commissaire Maigret s'il l'avait entendu lui dire : « Nous goûtons tous deux des plaisirs à peu près identiques. Tous deux en effet, nous nous réjouissons plutôt de l'aspect extérieur des choses que de leur composition ou de leur signification. Et c'est là, je pense, la raison de notre bonne humeur et de notre penchant naturel à la philanthropie. Je professe en effet que nos impressions nous portent tout naturellement à l'optimisme et à la générosité, tandis que notre

esprit nous en détache pour nous ramener à la misanthropie. »

Mis à part un honnête penchant pour le genièvre et
un « caractère indépendant », on voit mal en quoi ce
pauvre prêtre plein de bonté et de bon sens a pu
choquer le directeur de *La Gazette de Liège* au point de
refuser à son jeune collaborateur *l'imprimatur* de son
roman. Il a sans doute été plus agacé — mais sans le dire
— par la participation — même réticente — de Jehan
Pinaguet à la constitution d'un syndicat de l'hôtellerie
et de la restauration, et aux défilés, drapeau rouge en
tête, qui l'ont suivi. Il est des errements qu'on ne doit
point évoquer, même pour les dénoncer...

Jehan Pinaguet marque un progrès considérable dans
l'approche des petites gens, dans la sympathie pour les
rumeurs et les odeurs qui les entourent, dans la
dégustation des plus infimes joies de la vie. Par exemple
quand Jehan « sourit à un rayon de soleil qui se glissait
par-dessus les pignons d'alentour, et mettait des taches
claires sur la soutane et sur les livres de l'abbé
Chaumont ».

Relisant son roman picaresque soixante ans plus tard,
Simenon a été irrité par le « style redondant, quelque
peu archaïque [...] volontairement [...] et aussi une
incroyable abondance d'adjectifs ». Mais il n'a pu
s'empêcher d'admirer en Jehan « un curieux de la vie »
et de reconnaître en lui son précurseur pour sa virtuo-
sité à s'incarner dans des existences diverses, à la faveur
d'un changement de métier. « Par contre, j'ai eu la
stupeur de retrouver dans ce vieux manuscrit la plus
grande partie de mes idées d'aujourd'hui, de mes goûts,
voire de mes manies. [...] Pinaguet, comme moi aujour-

d'hui, avait une passion pour la terre, qu'elle vienne d'être labourée en sillons réguliers ou qu'elle soit chargée de blé ou de betteraves. En fait, si ma carcasse a maintenant soixante-quinze ans, mes goûts, mes rêveries, mes pensées sont restés ceux d'un jeune homme efflanqué de dix-huit ans [1]. »

Ou, pour prendre la situation à l'envers, redisons qu'un grand écrivain se laisse deviner jusque dans ses textes de débutant.

Francis LACASSIN

---

1. *Un homme comme un autre*, 1975.

Jehan Pinaguet

Histoire d'un homme simple

roman

inédit

I

Ce matin-là, Jehan Pinaguet n'ouvrit les yeux qu'avec une voluptueuse lenteur, tandis que le long nez qui émergeait de son visage comme la voile d'un bateau de pêche laissait échapper des sonorités rabelaisiennes.

Cependant, Jehan ne reluqua pas, comme il en avait coutume, les symétriques bouquets de fleurs roses figés sur la tapisserie ; il ne pourchassa pas plus les fantômes de ses rêves, flottant encore dans un coin de cervelle. Il était absorbé par la contemplation de la fenêtre, ou plutôt de la lucarne, qui se dessinait étincelante et chaude de la clarté et de la chaleur d'un beau soleil d'août.

Dans l'atmosphère lumineuse montaient des cris, des bruits de caisses que l'on empile, de paniers qu'on remue, de sabots de chevaux piaffant dans leurs brancards. On sentait une vie intense mais saine, s'étalant sur la place publique, avec un rythme puissant, sans fièvre ni langueur, comme une chanson de paysan.

C'étaient d'ailleurs une vie de campagne, des hommes, des bêtes, des choses de la campagne qui grouillaient au marché aux fruits, tandis que la Meuse

9

s'abreuvait de clair soleil et que les ponts et les clochers nageaient en des lointains de brume bleu et or.

Jehan fut heureux d'entendre, dès son réveil en la ville, des bruits qui lui étaient familiers. Les claquements du fouet l'emplissaient d'aise, et il croyait voir les lourds paniers qui craquaient sur les chariots haut perchés.

N'y tenant plus, il s'arracha à la moiteur des draps et courut à la fenêtre, en chemise et les cheveux au vent. Ainsi perché au-dessus des corniches aux angles fantasques, il regarda le quai de la Goffe où les paniers de fruits, les commères et les charrettes se bousculaient en un hilarant chaos, cependant que sa silhouette s'auréolait de soleil. Et elle ressemblait ainsi à un vaste épouvantail, tant les bras et les jambes étaient extraordinairement longs et noueux, la caboche large et les cheveux embroussaillés. Les prunelles pétillaient d'aise, courant dans les paupières, inlassables et avides.

Dans la foule où gens et choses s'épousaient étroitement, faute de place, ce regard mouvant fut captivé par une abondante autant que mirifique commère qui circulait délibérément, non sans bousculer maints paniers. Le chignon pointu et gras, les joues luisantes, le châle rouge, la cotte large, elle tenait les mains sur les hanches, dressant des coudes menaçants. Les muscles lourds et les chairs grasses roulaient, se tendaient et croulaient, roulaient encore sous la toile et le drap des robes. La commère ne courait pas, ne s'agitait qu'avec mesure, et chacun de ses mouvements prenait des allures d'événement. Elle apostrophait les vendeuses, qui répondaient, les genoux dans leurs paniers, emportait une manne, une caisse qu'elle rangeait au bord du trottoir. Et le marché tout entier paraissait accroché à cette cotte aux reflets verts.

Jehan respirait à pleins poumons toute la bonne humeur épandue dans l'air, et il serait demeuré long-temps encore devant la fenêtre si son estomac se fût accommodé d'un jeûne plus prolongé. Dès qu'il eut faim, il oublia le pittoresque spectacle du marché aux fruits, et même la commère en cotte verte pour ne songer qu'au déjeuner.

C'est alors seulement qu'en s'habillant, il passa l'inspection de son nouveau domicile, sis au troisième étage de l'antique et croulante auberge du *Boulet d'Or*. A cet étage, le moins banal de la maison, la chambre de Pinaguet se distinguait encore par son originalité. En effet, les lignes de son architecture semblaient ne correspondre que par hasard, ou mieux, par raccroc. Certain angle aigu du plafond s'étonnait de l'appui bienveillant autant qu'inattendu d'un mur penché sur la rue. Les poutres étaient tordues par un rire homérique et le plancher avait aussi ses fosses et ses bosses. Les meubles poussaient çà et là, sauvages en ce terrain inculte. Le lit naviguait sur trois pieds; le lavabo, bousculé par l'enflement du mur ne parvenait pas à retenir ses tiroirs qui béaient tandis que la glace, gravement blessée, se pansait d'un morceau de journal.

Pinaguet, grotesque lui aussi, avec son nez comme un perchoir, et l'invraisemblable construction de son ana-tomie, sentit autour de lui les choses sympathiques. Il rit, bâilla, vint à la fenêtre, s'étira, laça ses souliers qu'il décrotta au papier gris, en mettant le pied sur une chaise, puis s'engagea dans l'escalier tortueux et drôle de l'auberge.

Drôle ! Oh oui drôle, cet escalier, aux marches tellement usées qu'il en restait à peine pour poser les talons ! Comme, de plus, le plafond dévalait cette pente abrupte à hauteur d'homme, l'imprudent qui s'y engageait se sentait entraîné par le poids de son corps. Si les pieds suivaient le mouvement, il n'y avait aucun mal. Ceux de Pinaguet, inaccoutumés à ces précieux vestiges de l'architecture moyenâgeuse, ne consentirent à continuer leur route qu'alors qu'une bonne portion du corps était déjà installée une dizaine de marches plus bas. C'est donc en raclant ses flancs pointus et durs à cette lime immense que Pinaguet prit pied dans la salle de l'auberge.

Sous la voûte basse et enfumée, régnait un tintamarre infernal, fait du bruit des conversations, du choc des assiettes et du grincement des souliers ferrés sur le carreau bleu. Une bonne odeur de lard grillé, d'œufs frits et de café noir flottait, et, par la porte entrouverte on entrevoyait en claire perspective un coin de marché.

Un peu désorienté par l'abondance des lignes, des sons et des couleurs qui se mariaient en tumulte ; par la rapidité aussi et l'imprévu de sa descente, Jehan, le visage rouge et les côtes douloureuses, s'assit dans un coin de la salle, entre le dos de toile cirée d'un charretier et un vieux paysan édenté qui bavait en suçant un bol de café.

Derrière le comptoir patiné presque autant que l'escalier, une grande bringue déhanchée s'occupait à emplir les tasses et les verres que la servante servait aussitôt, tandis qu'en bras de chemise et en pantoufles, le patron allait d'un client à l'autre, serrant des mains rêches et calleuses, s'informant de la santé et des bêtes, des fruits et des enfants.

Quand la servante eut apporté à Jehan une fricassée au lard, flanquée d'une fourchette aux pointes tordues comme des ressorts, cet imposant personnage, qui avait une lippe à dîners gras et à lourdes plaisanteries, s'adressa à Pinaguet, avec une familiarité qui conquit le jeune homme.

— Alors, on a bien dormi ?

— A merveille.

— Bon lit, hein ! C'est le meilleur de toute la maison. Très belle chambre, d'ailleurs, confortable, aérée, luxueuse presque...

— Oui !

— Il paraît qu'on a fait connaissance avec l'escalier ! Bah, vous vous y ferez. Encore trois ou quatre descentes de ce genre, et vous aurez le pied accoutumé...

Tandis que le plaisant transportait son large sourire à une table voisine, où déjeunait une accorte marchande de lait entourée de ses cruches, Pinaguet regarda curieusement ses voisins, tous paysans comme lui, qui se retrouvaient chaque matin à la ville.

Pour la plupart, ils déjeunaient en hâte d'une tartine et d'une tasse de café ; quelques-uns s'offraient une fricassée.

Les camions et les charrettes s'alignaient devant la porte, et les chevaux, encapuchonnés d'un sac d'avoine, soufflaient dans l'air mille paillettes dorées.

Tout à coup, une rumeur monta du quai de la Goffe. On vit des femmes courir, tandis que des cris arrivaient, diffus. Du seuil de l'auberge, où quatre grosses pierres bleues et inégales s'étageaient, Pinaguet aperçut dans l'éblouissement du soleil un cercle grouillant de commères, gesticulant, criaillant, au centre duquel la grosse femme en cotte verte, le chignon tombant, parlait sous le nez d'une maraîchère qui répondait d'une voix aigre.

Tendant tour à tour ses jarrets immenses, Jehan courut jusqu'au lieu du rassemblement, tout encombré de caisses et de paniers pleins de fruits. Ses coudes pointus eurent tôt fait de l'amener au premier rang des spectateurs, tout à côté de la cotte verte. A terre gisaient, écrasées, foulées aux pieds, assez de prunes bien mûres pour en emplir un panier entier. C'était ce panier de prunes, renversé par la cotte verte et dont la marchande réclamait le prix, qui faisait le fond du débat. Débat, si l'on peut dire ! En l'occurrence, ces dames, les poings aux hanches, se lançaient avec des grimaces, des injures de toutes provenances. Il y en avait de toutes sortes, de toutes langues même, n'ayant rapport avec rien de précis, avec nul reproche formulé, mais claquant dans l'air, cinglant le visage et agissant par la seule magie des mots.

On ne parlait même plus du panier renversé ; on n'en avait pas cure ; on l'oubliait. Par contre, on se reprochait de vieilles peccadilles, des fautes de jeunesse, des tares de famille. Il est dangereux de discuter lorsqu'on est nièce d'une femme dont le beau-frère a emporté la caisse d'un notaire, ou bien encore quand on est arrière-cousine d'une créature qui a accouché à l'âge de quinze ans !

Cela sortit, et bien d'autres choses encore. Toute la boue, réelle ou non, découverte ou créée pour la circonstance fut remuée, lancée dans la foule des commères qui souriaient en dégustant cet « extra » plus que copieux.

14

— Vas-y, Philomène !

— Te laisse pas faire, Marie !

— Cette crapule-là !

— Regarde sa tête ! Ce serait péché de ne pas taper dessus !

Et les deux femmes redoublaient d'ardeur, soucieuses d'aiguiser leur haine et d'être applaudies par les autres.

Pinaguet pouvait admirer de près le beau jeu des muscles et des chairs de la solide commère. Quand, d'un geste brusque, elle relevait les deux bras pour repiquer son chignon d'une épingle farouche, il apercevait par la manche béante, des aisselles larges et ruisselantes de sueur. Et, regardant ces seins qui alourdissaient la blouse et ces dents qui brillaient au soleil, il en éprouva de l'admiration.

Les deux femelles hurlaient toujours, dans le soleil qui mettait de la sueur sur leurs faces empourprées. Quand, dans la foule, un remous se produisit. Quelqu'un cria, la police, à l'instant même où un sergent de ville surgissait devant les furies.

Conscient de l'exceptionnelle situation dans laquelle le plaçaient tous ces regards braqués sur lui, l'agent, par contenance, tira lentement un carnet noir d'une de ses poches.

En même temps, les deux commères lui expliquaient l'incident, chacune à sa manière.

— C'est elle, n'est-ce pas, monsieur l'agent, qui a renversé mon panier qui était placé là, tenez !

— Monsieur l'agent, je vous assure que le panier n'était pas mis là ! Il était juste dans le chemin. C'est en passant que je l'ai accroché avec ma jupe. Vous comprenez bien que...

— Ne la croyez pas, savez-vous. C'est une menteuse qui, de plus, m'a lancé des tas d'injures à la tête.

— Tais-toi, c... !

— Vous entendez, hein, monsieur. C'est elle, que je vous dis !

Quand il fut parvenu à arrêter ce flux de paroles, le sergent de ville demanda posément les nom et prénom de chacune, et cueillit, comme témoin, Pinaguet qui, au premier rang de la foule, encourageait par gestes la commère en cotte verte.

— Votre nom ?

— Jehan Pinaguet.

— Comment dites-vous ?

— Jehan Pinaguet.

— Jean Pinaguet !

— Non, Jehan !

— Pourquoi pas Jean ? C'est la même chose.

— On m'a toujours appelé Jehan. Alors ?...

— Je ne supporte pas tous ces noms de fantaisie. Une autre fois vous le saurez, hein ! Que je ne vous y reprenne plus.

Un peu abasourdi, Pinaguet s'en fut, tandis que l'attroupement se dispersait peu à peu et que les commères reprenaient place, les genoux sur leurs paniers pleins.

A dix mètres de là, il aperçut la cotte verte qui, entourée de trois fidèles, continuait à vitupérer, en montrant le poing à son ennemie. Celle-ci, à l'autre bout de la place, faisait de même. Resté seul sur le champ de bataille, le sergent de ville bombait le torse, étalant dans le rayonnement de ses boutons d'argent la satisfaction du devoir accompli.

En passant tout près du garde-corps, Jehan caressa du regard la surface de la Meuse où les maisons se reflétaient, rouges, jaunes ou blanches, en des lignes ondulentes ou fantaisistes. C'était tout à fait plaisant de voir s'arrondir le trou des fenêtres, s'écraser les étages, s'épater ou s'étirer les toits et les pignons, tout cela, nonchalamment, dans un mouvement lent et régulier. Il ne manqua pas de cracher dans l'eau et d'éprouver, à ce geste simple, une sensation particulière de bien-être.

Pinaguet erra longtemps par les quais, que le soleil bariolait de couleurs éclatantes. De temps en temps, un tram jaune et rouge emplissait l'air du tintamarre de sa sonnerie et du grincement de ses vieilles ferrailles ; des lourdes charrettes semblaient moudre le pavé à la meule de leurs roues géantes. Dans les boutiques, des filles lavaient les vitres, rangeaient la marchandise ou lançaient de grands seaux d'eau sur le trottoir. Sur les péniches, collées à la rive, des linges séchaient en plein air, à côté de caisses de géraniums et de bébés titubants.

En regardant toutes ces choses qu'il ne connaissait pas, Jehan songea à son village qu'il avait quitté la veille, et qui lui semblait déjà si lointain. Les péniches, mollement étendues sur l'eau, comme sur un hamac où l'on enfonce à demi, le faisaient penser aux journées qu'il passait sur la terre molle et parfumée de quelque pré, le corps léché par la lave incandescente du soleil, les membres engourdis et le regard noyé en de vastes étendues de ciel bleu, qu'animait parfois le flanc crotté ou le mufle bavant des bœufs.

Tout près de lui, une auto passa en trombe, laissant traîner le hurlement plaintif de sa sirène. De-ci, de-là, entre deux angles de murs noircis, des ruelles débouchaient. Pinaguet apercevait alors des matrones et des filles débraillées causant de porte en porte, en crochetant des fichus bleus ou verts. Sur les vitres, il entrevit le mot « Café » et il songea que l'on boit beaucoup dans les villes.

Il y avait belle lurette que le marché aux fruits était terminé. Le quai de la Goffe, débarrassé des étals improvisés, n'était plus qu'un grand carré couvert d'une infinité de tout petits pavés, et entouré d'un trottoir à peine large comme un seuil. Dans les auberges d'alentour, le calme s'était un peu rétabli. Seuls des messagers, maintenant, chargeaient ou déchargeaient leur véhicule couvert de bâches.

La salle du *Boulet d'Or* s'était presque vidée. Tout au fond, deux clients seulement dégustaient le sourire du patron. Pinaguet prit place, près de la fenêtre, et le soleil faisait trembler des dessins clairs sur le bois blanc de la table. La tête remplie d'images et de sons, Jehan rêvait, les yeux mi-clos, tandis que la servante disposait son couvert.

— Beau temps, n'est-ce pas, monsieur !

— Délicieux !

— Vous avez fait une bonne promenade ?

— Agréable en tous points.

— Ah ! Et je suis sûr que vous avez rencontré bien des jolies femmes.

La grosse fille, ronde et rouge, avec des seins pointant à travers la blouse et des hanches roulant dans le tablier de cotonnette, souriait de toutes ses dents qu'elle avait petites et carrées.

Ses lèvres larges, charnues et mouillées esquissaient un aguichant sourire, tandis que son œil se faisait malicieux.

— Ah ! Je crois que je suis tombée juste, pas vrai ?

— Heu !...

Laissé en tête à tête avec son potage, Pinaguet pensa à cette conquête involontaire, ou plutôt à cette luxuriante fille d'auberge qui ne demandait qu'à se laisser conquérir. Il eut d'abord le désir de lui faire la cour, puis il changea d'avis, désira à nouveau, et, finalement, décida de laisser faire les événements, espérant bien que les événements et la belle sauraient faire son jeu.

En mettant à nouveau le pied sur le pavé, il eut l'impression d'être dans la ville depuis longtemps et d'en connaître tous les détours. Cependant, lorsque, par hasard, il emprunta une rue transversale, il s'étonna d'être plongé dans l'agitation trépidante d'un quartier inconnu. Des trams, des autos, des camions, des charrettes, des motos, des passants, et des cris, et du bruit ! Pas trop rassuré, il marcha toute l'après-midi durant, par ces rues où l'animation régnait. Mais il eut hâte de retrouver les quais, avec leur pavé inégal, la Meuse dolente et les nombreuses ruelles pittoresques. C'était d'ores et déjà son quartier.

A sept heures, l'auberge du *Boulet d'Or* prend un aspect calme et cossu. La patronne, qui a fait toilette et arbore une blouse de satin vieux rose ou jaune pâle, trône derrière le comptoir fraîchement essuyé.

Le patron fait cercle avec les habitués autour de la table proche. Dans le silence de la salle, où les tables vides s'alignent, ils sont ainsi six ou sept, à passer la soirée ensemble.

Pinaguet, dès le jour de son arrivée, fut présenté à la ronde, et la servante lui servit d'office un petit verre de genièvre. Il y avait autour de la table un vieux poêlier, roux de cheveux et de visage, l'œil pâle et toujours larmoyant dans son verre aussi souvent vide. Puis, c'était un antique pilote, râblé, hâlé, tanné, ridé, les cheveux morts sous sa casquette brodée d'argent ; puis un petit vieux, impénétrable, propret, coquet, les lèvres closes ; un cocher, à côté de lui, très remuant dans sa houppelande, et jurant sans fin dans sa barbe ; enfin, en tenue solennelle, un croque-mort souriait, le teint poupon, l'air bon enfant, l'œil vif, le nez spirituel et les lèvres moulées dans une embouchure de clairon. Ces gens parlaient, riaient, écoutaient, buvaient plus encore, tandis qu'un rayon de soleil chatouillait le nez du croque-mort. Le patron, en dernier ressort, jugeait tout cas, toute querelle, qu'il s'agisse de trans- port naval, de denrées ou de mors aux dents. Son visage plein, aux contours délicieusement arrondis, son men- ton grassouillet, ses joues couperosées, ses yeux tou- jours pétillants, autant que la courbe harmonieuse de son ventre napoléonien, lui conféraient une autorité contre laquelle, au *Boulet d'Or*, nul ne s'insurgeait jamais.

Pinaguet but un « Vieux Système[1] », un autre encore, puis un troisième, en silence, tout en admirant le patron qui pontifiait avec grâce.

— Et alors, monsieur Pinaguet, vous venez de la campagne, à ce qu'il paraît.

C'est le poêlier aux yeux glauques qui a lancé cette phrase après un regard navré à son verre plus sec que le Sahara.

1. Il s'agit d'une bière.

— Oui, je suis arrivé hier au soir de Saint-Audin, mon village.

— Saint-Audin ? Connais pas ça !

— C'est un village des environs de Theux, déclare le patron du ton assuré qui convient à sa majesté. N'est-il pas vrai, monsieur Pinaguet ?

— Si fait !

— Moi, j'ai eu un oncle qui est mort l'an dernier à Theux, larmoie le poêlier. Même qu'il a plu toute la journée et que, le soir, mes jambes étaient mauves, parce que mon pantalon avait déteint.

— C'est pas comme ma capote ! Plus elle change de couleur, plus elle devient jolie ! lance le vieux cocher avec un amoureux regard à sa houppelande verdâtre.

Le croque-mort dit à son tour en arrondissant ses lèvres de bébé joufflu autour d'une cigarette dont il mouille le bout :

— Et vous comptez vous fixer en ville ?

— Du moins, j'espère y trouver le moyen de gagner ma vie !

— Hum ! fait le patron, qui grandit encore à ses propres yeux par le contraste de cet être infime, sans moyen d'existence.

Le monsieur impénétrable et coquet range des allumettes sur le bois de la table et il semble fort absorbé par cette occupation.

— Quel métier connaissez-vous ? demande le poêlier, ravi par un plein-bord que la servante lui a versé.

— Aucun, ou du moins, aucun à fond. D'ailleurs, je ne veux pas d'une profession où le travail est réglé méticuleusement. L'usine et le bureau me font horreur. Cela manque d'air et d'espace !

Tous, le patron, le poêlier, le pilote, le cocher, le croque-mort et le monsieur propret hochent la tête en murmurant des « oui » et des « très bien » convaincus.

— Ce qu'il me faut, continua Pinaguet, c'est un métier au grand air ; c'est du soleil, c'est de la pluie, des rues grouillantes et des quais laborieux.

— Faites-vous cocher, que diable !

— Allez sur l'eau, morbleu !

Ces deux exclamations sont lancées avec un bel ensemble par le cocher et le pilote.

— Parlez-moi d'un bon bateau qui file doux, sur de belles eaux calmes, avec un bon coup de cognac aux écluses ! Voilà une vie ! Rien devant soi, rien derrière. Aujourd'hui on conduit un bateau et demain un autre. Depuis cinquante ans que je suis sur la Meuse, je puis dire que tous les remorqueurs m'ont passé par les mains...

— Tout cela ne vaut pas ma guimbarde, distille sentencieusement le cocher. Jeune homme, ajoute-t-il, l'air guilleret, pour arriver rapidement dans la vie comme dans la ville, rien ne vaut une voiture !

Et il éclata d'un gros rire qui secouait ses bajoues et son ventre. Le monsieur propret rangeait toujours des allumettes, ce qui ne l'empêchait pas d'avaler force petits verres et de suivre la conversation. Le croque-mort, lui, ne vantait pas sa profession, mais sa mine réjouie en disait assez les charmes multiples.

Jehan qui avait déjà bu quatre ou cinq verres de genièvre regardait tour à tour la casquette à ancre d'argent et la houppelande verdâtre. La casquette, certes, était jolie, mais les broderies d'argent elles-mêmes ne l'empêchaient pas d'être un bien mesquin ornement. Dans la houppelande, au contraire, quelle ampleur, quelle majesté ! Rien que le mot est plein de confort et donne chaud au cœur.

Tandis que la servante allumait le bec de gaz, et que les têtes surgissaient, toutes jaunes du clair-obscur du crépuscule, Pinaguet, insensible à l'éloquence du patron, se mit à contempler le cocher, tandis que le genièvre lui détendait les nerfs et mettait mille choses tièdes dans son cerveau. Bientôt ses paupières s'alourdirent, se fermèrent peu à peu, et il n'entendit plus qu'à travers une brume épaisse qui lui en celait le sens, les propos de ses compagnons qui continuaient à parler et à boire.

II

Chaque matin, dans la grande cour où des voitures de toutes sortes laissaient traîner leurs brancards sur le fumier, Pinaguet, les manches troussées, brossait, pansait, harnachait une haridelle efflanquée. Les poils roux luisaient au soleil, tandis que les naseaux fumaient. Le vieux cocher du *Boulet d'Or* sifflait en attelant sa bête, aux fenêtres d'alentour, des ménagères non peignées secouaient parfois des carpettes.

Quand la toilette de l'animal était finie, Jehan, dans un grand baquet d'eau, plongeait sa tignasse roussâtre. Puis, avec le peigne qui venait de lisser la crinière et la queue de la bête, il se peignait coquettement. Enfin, il endossait sa houppelande et fièrement grimpait sur le siège de sa guimbarde.

Et il savourait son bonheur, celui surtout de posséder un tel vêtement pour emmailloter ses joyeusetés anatomiques. Quelle belle houppelande que celle-là, où se fondaient, sur le noir primitif et naturel du tissu, les plus belles nuances du vert, du doré et du roux dont les ans colorent les choses ! Pinaguet eût préféré à cette défroque décrochée dans une boutique de fripier, une

24

houppelande qu'il eût culottée lui-même. Mais, telle qu'elle était, il la chérissait d'autant plus que ses origines et ses avatars successifs étant inconnus, l'imagination n'avait pas à s'embarrasser de souvenirs précis, pour la doter d'une histoire.

Ainsi équipé, les fesses douillettement enfouies dans le coussin de toile cirée, Pinaguet allait sans hâte, cahin-caha, dans la grande rue calme aux pavés encadrés d'herbe, où il était invariablement salué par le monsieur du numéro douze.

Ce salut, Pinaguet, qui n'avait jamais rien fait pour le recevoir, l'attendait, le guettait, s'apprêtait à le rendre dès le numéro quarante-six. Il était sûr de ne pas l'attendre en vain, car, qu'il pleuve, qu'il neige ou bien qu'il vente, le bonhomme était toujours là, saluant d'un air impassible.

L'échine rivée au montant en pierres de taille de sa porte, un pied sur le seuil, l'autre sur le trottoir, il passait ses journées sans bouger. Avec des joues molles et flasques, un nez minuscule et une mâchoire solide de bull-dog rêveur et mélancolique, il avait des prunelles qui s'étaient peu à peu fondues dans la cornée, à moins cependant que son regard ne fût tourné vers l'intérieur.

Le salut de ce bonhomme s'était implanté dans la vie de Pinaguet comme toutes les autres habitudes : le verre de genièvre de sept heures, le coup de peigne du matin, le claquement de fouet du départ... Bref, un jour que, malade sans doute, le citoyen aux yeux ternes n'était pas à la porte pour lui envoyer son salut matinal, Pinaguet ne fut pas à l'aise de toute la journée, et le lendemain, il tressaillit d'allégresse en retrouvant son coup de casquette.

C'était peu de chose, un rien, mais cela lui faisait plaisir quand même. Dès qu'il avait donné et reçu ce salut rituel, il laissait trotter sa bête qui, paresseusement, traînait les pattes en balançant, au ras du sol, sa grosse tête qui pendait.

Pinaguet savourait alors la joie de vivre à six pieds au-dessus du commun des mortels, d'être bercé au milieu de la pittoresque agitation des carrefours ou dans la solitude sobrement élégante des avenues asphaltées. Le doux roulis de la guimbarde le plongeait bientôt dans une quasi-somnolence ; au travers de ses paupières mi-closes, les objets se paraient de formes et de couleurs fantaisistes. Presque toujours, la caisse noire, écaillée, au siège mal assuré et aux coussins poisseux, devenait un carrosse somptueux, tout plaqué de sculptures dorées, avec glaces et miniatures. La rosse, dont les os saillaient comme s'ils allaient crever la peau, devenait deux, quatre, six chevaux fiers et luisants, aux harnais tout cousus d'argent. Jehan lui-même, quel bel homme, dans sa livrée amarante, avec des broderies, des galons, de la soie, du velours, du satin. Allons, marauds ! Place à la Cour !

Pinaguet claque du fouet, et dans le tintamarre des roues, il lançait des « hue ! », fièrement, certain d'éblouir la canaille. Dos rond, visage au vent, il excitait sa haridelle qui, stupide d'étonnement, tendait les pattes, sans conviction.

Place à la Cour ! Sacré nom ! Et dans le soleil qui dorait ainsi son regard, Pinaguet filait, enivré, jusqu'à ce qu'un prosaïque agent l'arrêtât, lui et son beau rêve, d'un simple mouvement du bâton blanc.

Alors, il laissait pendre les guides, s'accrochait désespérément aux basques du vêtement magnifique. Mais le cheval trottait à nouveau en balançant au ras du sol sa grosse tête qui pendait, et Pinaguet ouvrait les yeux, en fin de compte, sur le bout de ses gros souliers dont les semelles entrouvertes ricanaient de tous leurs clous.

Ainsi, cahin-caha, il arrivait place du Théâtre, où il allait prendre place derrière quatre ou cinq voitures déjà rangées. Il faisait quelques pas sur l'asphalte, humait les bouffées parfumées qui lui arrivaient de l'étal touffu et bariolé des marchandes de fleurs et, après un regard rapide à la foule grouillante, il poussait la porte vitrée de la *Buvette du Bon Saint Antoine.*

Derrière les rideaux non écrus, roulant sur des tringles de cuivre, il était sûr de trouver quelques-uns des cochers dont la voiture stationnait devant la sienne. Qui, debout au comptoir, qui, installé sur une chaise, les jambes étendues ou croisées, ils lampaient à petites gorgées du genièvre vieux, en parlant haut, avec des rires sonores et des exclamations bruyantes. Le vieux cocher, client du *Boulet d'Or,* n'était pas le moins bavard. Il racontait beaucoup d'histoires, mais Pinaguet remarqua que le beau parleur ne faisait que répéter les phrases du patron de l'auberge, et parfois du pilote ou du croque-mort.

Dès lors, sa considération fit place à un dédain d'autant plus profond que le cocher estropiait presque tous les contes, s'embarrassait maintes fois en des périodes qu'il n'achevait qu'à grand-peine.

Les cochers du *Bon Saint Antoine* avaient tous passé la cinquantaine. C'était la vieille garde, formée seulement de nez piqués, percés, émerillonnés, et d'yeux légèrement flous dans des paupières aux bords humides ou rougeâtres.

Les « jeunes », expliqua dédaigneusement à Pinaguet un grand maigre en capote bleue, entraient pour la plupart « dans l'automobile ». On ne voyait plus que des taxis, et les chauffeurs touchaient pour le moins trois francs de plus, chaque jour, que les cochers.

Et l'homme en capote bleue fixait Jehan dans le blanc des yeux, curieux de savoir si, lui aussi, n'était pas un traître, un partisan des voitures à moteur. Car tous ces vieux, qui avaient vu le beau temps des diligences, et connu la vogue des voitures de place, étaient bien décidés à défendre, non seulement leur métier, mais l'idée qu'ils représentaient. Car c'était une belle idée, n'est-il pas vrai, que celle de la supériorité de l'animal, élégant, et noble, sur la machine vulgaire et indifférente. C'était bel et bien une cause, comme celle de la noblesse, assez liée même à celle-là.

— En effet, expliquait un matin en se barbouillant le nez de tabac le cocher en capote bleue qui avait des gestes de petit maître, le chemin de fer et l'automobile ont plus fait, contre le prestige de l'aristocratie, que les révolutions successives. Les écuries sont aussi néces- saires à un grand nom qu'un château armorié. Quelle distinction suprême que celle d'un bel attelage, pur de ligne, et conduit par un cocher de style ! Quels plus nobles appareils de voyage que ces berlines aux por- tières arborant fièrement les armoiries du maître ! Aujourd'hui, des marquis, des comtes, des ducs même, s'en vont bourgeoisement dans un froid et rigide compartiment de chemin de fer, où peut monter le premier roturier venu.

« Pour ma part, continua l'homme bleu, qui ce matin-là était intarissable, peut-être parce qu'une pluie fine et abondante lavait les vitres, je fus durant longtemps attaché au service d'un authentique baron de vieux lignage qui, les cheveux déjà blancs, montait encore à cheval chaque matin. Rien qu'à le voir, ainsi campé sur un pur-sang, on sentait toute sa race. Hélas, quand il est mort, son fils a fait venir des autos ; on a vendu presque tous les chevaux, et votre serviteur s'est vu délaissé, un beau matin, de l'autre côté de la poterne. Aujourd'hui ce n'est plus de la noblesse. Rouler en auto, la roture en fait autant !

Et pour attester mieux encore de son profond mépris, l'homme bleu lança sur le pavé un jet de salive brune qu'il étendit sous le pied. Pinaguet se sentait ému par ces récits ; alors qu'il était jeune, il avait lu, par hasard, *Le Dernier des Mohicans* et il avait ardemment désiré devenir un jour le défenseur et le martyr d'une cause désespérée.

Les cochers du *Bon Saint Antoine* ressemblaient assez au « dernier des Mohicans » bien qu'ils fussent cinq. Comme l'Indien de Fenimore Cooper, ils étaient, en effet, les derniers vestiges d'une race jadis florissante. Et Pinaguet se prit à songer que ce serait un bien beau rôle, que celui de rendre aux cochers leur situation et aussi la considération dont ils jouissaient naguère !

Il caressa amoureusement cette idée, dans l'atmosphère lénifiante du *Bon Saint Antoine*, tout en écoutant d'une oreille distraite les histoires du cocher de l'auberge, histoires qu'il avait entendues la veille. Il rêva d'un vaste complot des cochers, de réunions secrètes, en houppelande et en masque, dans les caves du cabaret.

Tout naturellement, lui, Jehan, serait à la tête de l'organisation et l'on tirerait au sort aux fins de savoir qui devrait lancer les bombes sur les autos ennemies. Car cela deviendrait une vraie guerre, sourde, mais implacable, où les derniers cochers auraient à lutter contre la vaste organisation des automobilistes et des chauffeurs.

Pinaguet s'y couvrirait de gloire, ou il périrait à la tâche ! Dans les deux cas il y aurait un cortège dont, mort ou vif, il serait le centre, la raison d'être. Dans les deux cas aussi, des discours seraient prononcés et la musique clamerait un hymne de gloire au vainqueur. La foule applaudirait, laisserait éclater son enthousiasme !...

Par-dessus la tringle de cuivre, Jehan apercevait tout à coup un client et il regagnait sa voiture après avoir jeté de la monnaie sur le comptoir. Il rassemblait les guides et, dans l'agitation des rues, oubliait son rôle héroïque pour humer le divin parfum de la rue ou l'odeur des jupons et l'arrière-goût des poussières se mêlant au fumet des fientes de chevaux, les relents de poubelles à la chaude haleine des autos.

Un matin, alangui sans doute par la douceur d'une lumineuse atmosphère, Pinaguet traversa au pas les avenues dont l'asphalte était à la fois rose et doré. Sans s'en rendre compte, tandis que sa bête balançait sa grosse tête pendante, il s'abîma dans la contemplation des luxueux hôtels aux lignes écrasantes et aux portails d'églises qui défilaient en un glissement majestueux. Par l'entrebâillement des rideaux sombres, les fenêtres laissaient filtrer un rayon de soleil qui éveillait, ci un vieux meuble de style, là un bronze d'art, un Sèvres ou une girandole tapie dans la pénombre somptuaire.

Pinaguet eut un sourire un peu amer devant ces richesses entrevues. Il sentit quelque chose qui grondait en lui, quelque chose comme de l'envie, et cela faisait mal. D'un coup de fouet soudain, il s'arracha à cette contemplation et, dos rond, visage au vent, il excita sa haridelle. D'un large coup d'œil, il embrassa la rue, il embrassa la ville, et conclut que tout entière elle était faite pour le réjouir. Il pensa à sa chambre, à la servante grasse, aux rivages de la Meuse, à la conspiration des cochers. Le sourire reparut, large, franc et heureux ; le long nez s'agita, les narines frémirent et les yeux pétillèrent. C'est bon vivre quand même, et l'air est bien plus pur au-dessus des corniches.

— Ohé ! Stop ! Quoi ? Qu'est-ce ? Eh ! Cocher ! Le curé ! Oh le pauvre ! O mon Dieu !...

Pinaguet est debout au mitan de la rue. Dix badauds, cent badauds se pressent à l'entour d'un malheureux curé qui répand ses entrailles. Mais non, c'est son bedon qui saille d'une soutane éventrée dont la voiture encore arbore un lambeau. De la marmaille pauvre criaille. Une femme larmoie placidement. Des gens regardent de côté en glissant furtivement leur tête entre d'autres têtes penchées. On chuchote, on parle de mort, de médecin, de police, d'hôpital et même de morgue et de voiture cellulaire.

L'abbé est revenu à lui, et l'œil troublé, le front pourpre, il a aperçu la blessure faite à sa soutane. En se levant, péniblement, il tâche de voiler aux yeux de la foule un bouton de caleçon et un morceau de vareuse que l'accident a mis au jour.

Pinaguet lui propose de le reconduire en voiture. Le prêtre a un regard reconnaissant et il enfouit ses chairs et ses loques dans la caisse presque criminelle, tandis qu'un vieillard chenu et toussotant murmure avec un sourire :

Il n'en reviendra pas, le pauvre vieux !

Comme Pinaguet grimpe sur le siège, un agent de police arrive à grands pas derrière le gosse qui a couru l'appeler. L'enfant prend un air important et l'agent fend d'un trait le cercle des badauds. Son flair l'a bien vite renseigné, il se doute que c'est de la voiture qu'il s'agit. Mais voilà ! Qu'a fait la voiture ? On n'aperçoit pas de tué, d'essieux brisé, de roue détachée, de blessé.

Quelqu'un lui désigne la portière en soufflant :

— C'est un curé qui est blessé, monsieur l'agent.

L'agent ouvre toute large la portière et regarde l'abbé, l'œil sévère, car c'est un agent radical.

— Voyons, que vous est-il arrivé ?

— Rien ! Je m'en vais, comme vous voyez.

— Mais vous êtes blessé, que diable ! Il y a eu un accident.

— Ma soutane seule est déchirée et je désire partir en paix.

— Point ! Je dois faire mon enquête. Contez-moi comment les choses se sont passées afin que ce sacré cocher ait ce qu'il mérite !

— Mais non. Je ne porterai pas plainte contre ce brave garçon.

— Vous le devez !

— Si bon me semble. Or, je préfère rentrer chez moi.

— Je ferai quand même mon enquête.

— Grand bien vous en fasse.

Tiraillant les poils blonds de sa barbe, le sergent de

ville tourne le dos à la voiture, furieux de rater une affaire dans laquelle il y avait un curé, et surtout atteint dans son amour-propre de fonctionnaire par cet homme en soutane qui méprisait la force publique au point de vouloir à toute force se passer de ses services.

Cependant, Pinaguet n'avait pas attendu plus longtemps. D'un large coup de fouet, il avait éveillé sa bête qui, maintenant, filait, le col tendu, en mâchant encore du sommeil dans son grand museau bavant.

A la campagne, les curés, gros ou maigres, bedonnants ou efflanqués, habitent des presbytères coquets, entourés de roses, de jasmins, de groseilliers et de pruniers traditionnels. Une servante les dorlote et les gronde. Ils ont du vin à la cave, font du cidre, élèvent de la volaille. Ce sont d'augustes personnages.

Aussi Pinaguet fut-il étonné lorsque l'abbé lui fit signe de s'arrêter devant une vieille maison de faubourg, aux briques sales, aux fenêtres ornées de chemises enflées, de bas reprisés et de jupons béants, empestant la lessive. Lors, croisant sur son sein les lambeaux de soutane, le gros curé transborda en soupirant un abdomen bâti pour la pompe majestueuse des processions.

Chaste autant que respectueux, Pinaguet lui tendit sa houppelande et grimpa derrière le rescapé l'escalier étroit et geignant d'où une marmaille pouilleuse dégringolait par jeu.

La vue de l'abbé dans un tel équipage amusa follement les gosses.

— Hou! Hou! L' curé! Qu'il est drôle!

— Y's' fait cocher, à c't' heure!

— Son ventre était trop gros. La soutane a crevé!

Mais une voix qu'on devinait être produite par d'effroyables contorsions de la bouche et du nez se fit entendre et le silence se fit, solennel et tremblant, tel en l'éden quand le Seigneur parlait.

La voix grinçait, méfiante et agressive, très haut dans l'escalier sonore :

— C'est vous, monsieur le curé ?

Embarrassé dans sa houppelande, la jambe douloureuse et le front empourpré par l'égratignure faite à sa pudeur, l'abbé ventripotent esquissa quand même un sourire et, sur le même ton qu'il eût dit : *dominus vobiscum,* il répondit :

— Oui, ma fille, c'est moi !

La voix grinça encore, sourdement, dans les nues et l'on continua de monter. Les étages succédaient aux étages, plus sombres et plus puants. On en était pour le moins au troisième lorsque l'abbé poussif, suant, soufflant, renonça pour l'instant à atteindre le ciel et poussa une porte.

— Sainte Vierge ! Doux Jésus ! Quel triste accoutrement ! Pour un prêtre, Seigneur, s'affubler de la sorte !

Une silhouette aux seins plats et aux hanches absentes apparaît, dressant sur un cou où l'on compte les muscles, un long visage maigre qui semble cracher les dents pour s'amincir encore.

On ne s'étonne plus des sons inharmonieux que produit une telle lyre. La voix gronde toujours.

— Eh quoi ? Vous n'êtes pas seul ?

Les yeux modestement baissés, l'abbé entre en invitant du geste Pinaguet à le suivre. Dans une petite chambre, où veille, sous son globe, un crucifix d'ébène entouré d'estampes jaunies, l'abbé entrouvre sa houppelande.

— Quoi ? Un accident ? Vous êtes blessé ? Qu'avez-vous fait ?

Toujours onctueux et souriant du sourire des bons saints de plâtre, l'abbé a un geste rassurant.

— Tranquillisez-vous, ma fille. J'ai seulement été éprouvé dans mes biens de ce monde, et ma soutane seule a eu à souffrir d'un stupide autant que banal accident.

— Votre pauvre soutane ! La dernière !... dans un tel état. Qu'allez-vous faire, à cette heure, sans vêtement décent ?

— Chut ! Ne nous plaignons point. La pauvreté est une vertu et comme telle, on n'en doit pas faire étalage. Remercions plutôt ce brave homme qui a bien voulu me prêter son manteau, et qu'il ne soit plus soufflé mot de cette affaire.

Et avec la houppelande, l'abbé donna à Pinaguet une poignée de main douce et molle comme une bénédiction.

Durant deux jours, Jehan eut le front soucieux. Non seulement il oublia de saluer le monsieur du numéro douze, mais encore il ne passa pas la soirée en compagnie des clients habituels du *Boulet d'Or*.

Pas une fois il ne se figura rouler en carrosse de Cour, et il n'organisa pas, même en pensée, la moindre Saint-Barthélemy contre les automobilistes.

Le second soir, il rentra à l'auberge, porteur d'un grand paquet qu'il s'empressa de celer dans sa chambre. Le matin, il s'en fut, plus tôt que de coutume, en emportant le colis.

Lorsqu'il arriva au *Bon Saint Antoine*, il avait les mains vides, mais par contre, un large sourire irradiait ses traits, et son regard pétilla plus que de coutume lorsqu'il suça un verre de genièvre.

III

En poussant la porte matelassée dont la toile crevée livrait passage à des touffes de crin, Pinaguet se sentit envahir par un sentiment fait à la fois de crainte et de respect pour cette chose qui ne se laisse entrevoir aux humains qu'à travers un pompeux appareil de palais sévères, de toges, de pourpre et de gendarmes : la Justice.

Cependant, il n'allait avoir affaire qu'à une justice de troisième ordre, à une sorte de déesse vulgarisée, mise à la portée de tous, dans ce temple sale et enfumé qu'était le commissariat de police du quartier.

Lorsqu'il se trouva de l'autre côté de la porte qui le séparait du monde insouciant et rieur, Jehan, se rendant compte que son visage avait pris une expression compassée et ridicule, se dirigea droit vers l'énorme pupitre de bois noir qui, tel le banc de communion d'une église, marquait la partie réservée aux pontifes.

Ils étaient légion, ces pontifes de la justice de quartier, les uns assis devant le grand pupitre et maniant des papiers à en-têtes mystérieuses, les autres remuant des livres grands comme des pans de mur.

Pinaguet montra sa citation à un agent, moins imposant, parce qu'il n'avait qu'un mince galon d'argent à son képi, et ce personnage qui semblait faire office d'enfant de chœur lui dit de s'asseoir en attendant qu'on l'appelât.

C'est alors seulement qu'en se retournant, Jehan aperçut le groupe des simples mortels, mêlés comme lui aux affaires de police. Sur un banc sans dossier, une demi-douzaine de personnes s'alignaient, parmi lesquelles le cocher reconnut l'accorte légumière en cotte verte et la maraîchère au panier renversé. A côté de ces femmes qui se regardaient d'un air méprisant, en affectant un maintien digne, un vieux loqueteux tournait et retournait entre ses doigts faits de rides flasques, un carnet de mariage aux pages grasses et jaunes, qui conservait la trace rougeâtre d'une punaise écrasée.

Deux commères encore, en tablier et sans chapeau, un jeune homme et, derrière tous ces êtres, de grandes affiches tapissant le mur.

Jehan prit place sur un coin du banc, et la file entière se serra pour lui faire place.

Ce côté du sanctuaire était silencieux et morne. Dans le Saint des saints, au contraire, les agents allaient, venaient, crachaient dans les rayons de soleil la fumée épaisse et lourde des pipes et des cigarettes.

Presque invisible dans l'angle formé par le pupitre noir et le mur, celui qui devait être le grand prêtre interrogeait à mi-voix un ouvrier. Celui-ci, penché par-dessus le meuble monumental, répondait sur le même ton, en tortillant sa casquette dans ses doigts. Pour Pinaguet, ce chuchotement avait quelque chose d'impressionnant, car le jeune homme était persuadé qu'il assistait à la cuisine même de Dame Justice.

Comme, après une dizaine de minutes, il s'accoutumait un peu à l'austérité du lieu et que son regard se familiarisait avec ces choses solennelles, et errait par la pièce aux grandes fenêtres garnies de stores sales et de carreaux épaissis par la poussière, il aperçut, évoluant de l'autre côté du pupitre, c'est-à-dire dans l'enclos des justiciers, le monsieur coquet et propret, avec qui, chaque soir, il buvait du genièvre à l'auberge du *Boulet d'Or*.

Le petit vieux n'avait pas d'uniforme, mais il n'en était pas moins majestueux, vu ainsi, dans l'exercice de ses fonctions. Happant son regard au passage, Pinaguet osa lui adresser un clin d'œil familier en murmurant, très bas, il est vrai, et sans articuler :

— Bonjour, monsieur...

Mais l'autre le regarda froidement, comme il regardait tout ce qui se trouvait de l'autre côté du banc de communion. Jehan ne s'en formalisa pas car il comprit qu'aucun lien ne pouvait résister à la barrière qui divisait le temple.

Cependant, le commissaire continuait à discourir à mi-voix, et il caressait de la main une superbe pipe d'écume dont il suçait de temps à autre le bout d'ambre où tremblait du soleil. Jehan entendit que ce digne personnage aux cheveux roux, au visage apoplectique et à la lippe débonnaire malgré elle, murmurait :

— Alors, vous êtes bien décidé à ne pas reprendre la vie conjugale.

— Oui ! Vous comprenez bien que c'est impossible. Une femme qui est toujours chez sa mère et qui ne rentre le soir que pour me chercher misère...

— Vous êtes libre. Seulement, il est bien entendu que vous vous engagez à lui verser trente-cinq francs chaque semaine !

— Oui.

— Je vous ai prévenu que si vous ne teniez pas votre promesse, vous auriez affaire avec le tribunal. Vous pouvez aller.

Les deux commères et Pinaguet lui-même crurent que leur tour était arrivé et ils sentirent leurs nerfs se peloter tandis que le commissaire, calme, grave et serein, s'enfouissait à nouveau derrière son pupitre. Derrière sa tête baissée, de grands calendriers-mémentos s'entassaient depuis plusieurs années et la poussière et la moisissure, judicieusement dispensées par le temps, avaient teinté les cartons de toute la gamme des jaunes et des gris.

Jehan était de plus en plus mal à l'aise, et ses jarrets tendus s'ankylosaient. Lentement, le commissaire fumait et l'on entendait grésiller la salive dans le tuyau de sa pipe. Enfin, il parla sans lever la tête :

— Jean Marie Mathieu Bloquet, avancez !

Les jarrets du cocher se détendirent et il étouffa un profond soupir. Le vieux loqueteux se détacha du banc pour aller tendre son livret de mariage par-dessus le pupitre noir. Les chuchotements reprirent.

Jehan, sans essayer de comprendre ces conciliabules sacrés dont le bourdonnement flottait dans l'air comme les mots latins d'une messe, lut d'un bout à l'autre une grande affiche qui annonçait les dates de toutes les foires aux chevaux de l'année. Près d'une fenêtre où deux agents causaient, un des pontifes éclata tout à coup de rire, et Pinaguet fut choqué au plus profond de son être de cette sorte d'affront fait à la justice par un de ses servants.

Cet éclat de rire enleva au banc de communion un peu de son austère grandeur, et rendit visible sur le nez du grand prêtre, toute une floraison de taches de rousseur, encadrant une verrue ronde et grasse comme un champignon. Le commissaire remit au miséreux son livret de mariage ainsi qu'une feuille de papier qu'il plia en deux, et l'on entendit les mots : « Asile de la vieillesse ».

Puis l'homme au livret graisseux sortit en marmottant quelque chose comme une prière et les picotements reprirent de plus belle sur la jambe de Pinaguet.

— Philomène Jeanne Léocadie Piedbœuf !

La commère au panier renversé se leva avec un « Ah ! » menaçant et, le poing sur la hanche, s'approcha délibérément du pupitre. L'autre voulut la suivre, mais le commissaire l'arrêta :

— A votre place, vous !

Et elle se rassit, à l'extrémité du banc, afin d'entendre le conciliabule qui s'engageait. Jehan, se coulant le long du banc, s'approcha de même.

— C'est vous, la nommée Philomène Jeanne Léocadie Piedbœuf, maraîchère, domiciliée à Grace-Berleur ?

— Oui, monsieur le commissaire.

— Bon ! Il paraît que vous avez à vous plaindre d'une certaine Marie Françoise Joseph Mathy ?

— Je vais vous expliquer, monsieur le commissaire. La semaine dernière, mercredi, j'étais installée comme tous les matins au marché aux fruits, quand cette femme passe tout près de moi et renverse un de mes paniers.

« Il y avait plus de cinquante kilos de prunes sur le

pavé. Alors, naturellement, je lui réclame le prix des fruits. C'était juste, n'est-ce pas ?

— Continuez !

— Eh bien, croiriez-vous que la garce...

— Pas d'injures ici, je vous en prie.

— ... enfin, que cette femme-là refuse et commence à me dire des tas d'injures. Même que toutes les femmes du marché étaient accourues.

— Vous en êtes arrivées aux voies de fait ?

— C'est vrai. Comme je ne voulais pas la laisser partir sans payer et que je la retenais par sa jupe, elle m'a giflée à la figure. Hier, on voyait encore les traces de ses ongles.

— Hum !

— Vous comprenez, monsieur le commissaire, que je ne...

— Suffit. Reculez un peu, et taisez-vous. Marie Françoise Mathy, approchez.

— Me voilà, monsieur le commissaire. Il ne faut pas croire tout ce que vous a dit cette femme-là, savez-vous. Moi, je vous assure...

— Silence. Vous aurez tantôt la parole. Il paraît que vous avez renversé un panier de prunes appartenant à la nommée Philomène Piedbœuf ?

— Oui, mais elle voulait...

— Suffit. Est-il vrai encore que vous l'avez frappée à la figure ?

— Elle m'avait traitée de voleuse, monsieur le commissaire. Alors...

— C'est bon !

— D'ailleurs, le panier se trouvait au milieu du chemin, si bien qu'il n'y avait presque pas moyen de passer.

— Philomène Piedbœuf, est-il vrai que le panier se trouvait au milieu du chemin ?

— Elle exagère, monsieur le commissaire. C'est à peine s'il dépassait de l'alignement !

— Que valent à peu près ces cinquante kilos de prunes ?

— Au moins vingt francs, monsieur. C'étaient de véritables altesses. Les plus belles de tout le marché, pour sûr !

— Elle ne dit pas qu'elle a déchiré ma jupe, monsieur le commissaire. Regardez, j'ai dû la réparer comme je pouvais.

Et la commère troussait sa cotte verte, dévoilant à Pinaguet un jupon de pilou rose à larges raies bleues.

Le jeune homme ne perdait pas un mot de cet interrogatoire qui n'avait pas tardé à prendre un ton élevé. Il suivait avec plus d'intérêt encore les mouvements de la commère magnifique, aussi à l'aise dans cet antre inquiétant que dans le brouhaha du quai de la Goffe.

Toute baignée de rayons de soleil qui doraient ses bras puissants et ses épaules larges, elle parlait, gesticulait, sans aucune gêne, agitant son chignon épais et lourd. Ces bras, ces épaules, ces seins menaçant de crever la blouse, ces hanches mobiles, toute cette femelle enfin, à cause peut-être de l'ambiance chaude et moite, éveillait en Pinaguet des désirs confus. Devant ce superbe animal aux chairs luxuriantes, il sentait un sang plus chaud courir dans ses veines, et sa peau était presque brûlante. La commère en cotte verte avait éveillé un désir qui se faisait de plus en plus lancinant, un désir farouche de mâle, s'adressant, non à elle seule, mais à la femme, à la chair, que la chaleur et le soleil rendaient plus désirables.

Confus d'avoir des pensées égrillardes dans un lieu si austère, Pinaguet ne put cependant les chasser, et lorsque la voix du commissaire appela : « Jehan Lucien Timoléon Pinaguet », il ne put s'arracher entièrement à cette angoisse physique. Dans un mol nuage de fumée, le grand prêtre demanda :

— Que savez-vous de la dispute ?

Alors, le sang aux joues, les oreilles douloureuses tant elles étaient chaudes, frôlant du coude et du genou la commère qui le regardait, Jehan parla d'une voix qu'il ne reconnaissait pas.

— Monsieur, quand je suis arrivé sur les lieux de la bagarre, madame (il désignait la maraîchère) tenait... l'autre à la jupe. Il y eut un moment où elles étaient enlacées, puis M. l'agent est arrivé.

— Et c'est tout ce que vous savez ?

— Oui !

— Vous n'avez pas entendu crier : « Voleuse » ?

— Je n'ai pas fait attention. Il me semble cependant me souvenir...

Aucune des deux femmes n'était satisfaite de cette déposition qui ne favorisait ni l'une, ni l'autre. Elles voulurent parler à nouveau, mais le commissaire qui se recueillait en tirant de petites bouffées de sa pipe les arrêta d'un geste.

— A ce que je vois, dit-il sévèrement, vous êtes aussi coupable l'une que l'autre. Pour cette fois, cependant, je ne sévirai pas, bien que vous le méritiez. Quant au panier de prunes, vous (il s'adressait à la cotte verte), vous en payerez la moitié du prix, soit douze francs cinquante. Maintenant, vous pouvez aller. Et surtout, qu'on ne vous y reprenne plus.

Pinaguet fut déçu par ce jugement trop terre à terre ; la justice descendit de plusieurs marches du piédestal où son esprit, enclin au respect des choses vagues et inaccessibles, l'avait posée. En ouvrant la porte matelassée, il lança un regard à la salle, qui avait perdu une bonne partie de son austérité hautaine, et le banc de communion lui sembla presque mesquin. Les pontifes qui erraient dans le Saint des saints prirent une figure plus humaine ; certains même devinrent grotesques, ainsi que la verrue du commissaire.

Comme il grimpait sur le siège de sa guimbarde, les deux femmes sortirent et s'en allèrent, chacune de son côté, après s'être lancé un regard haineux. Alors, Jehan s'engagea dans l'agitation des rues, respirant à longs traits pour chasser la poussière lourde et grise respirée dans ce temple vulgaire et terne.

Désormais le mot « Justice » n'évoquerait plus en lui qu'une salle pleine de soleil et de fumée de tabac, avec un grand pupitre noir, une verrue magistrale, une pipe d'écume, des picotements dans les mollets et une punaise écrasée sur des pages graisseuses.

Seule la vision chaude et colorée des chairs de la commère ne perdait rien de sa saveur bestiale, et aussi le désir mordant qui courait dans son sang, tandis que, cahin-caha, Pinaguet gagnait la place du Théâtre, sous la caresse du soleil qui avivait encore sa fringale d'amour.

Lorsqu'à midi, il rentra pour dîner à l'auberge du *Boulet d'Or*, il monta dans sa chambre avec l'espoir de rencontrer la servante dans l'escalier ou les couloirs sombres. Il trouva l'aguichante fille dans sa chambre même, occupée à retourner, en remuant leur masse branlante, les matelas du lit.

— Tiens, monsieur Jehan, c'est déjà vous ?

Il répondit seulement : « Oui, c'est moi » et vaqua à mille besognes inutiles, tirant et repoussant des tiroirs, allant du lavabo à la garde-robe, fouillant des poches de vieux habits sans y rien chercher.

Dans la chambre claire et chaude, la servante se remuait fort, pressentant une entreprise audacieuse. En effet, Pinaguet la regardait furtivement, les tempes battantes, la respiration forte, et il attendait le moment propice, ou plutôt excitait son courage. Des mouches tournoyaient en bourdonnant, et les matelas secoués lançaient dans l'air une poussière fine qui retombait lentement.

Comme il se trouvait derrière la servante, dont le corsage s'échancrait à chaque mouvement, Jehan empoigna brusquement sa taille épaisse, où il enfonçait ses doigts, et mouilla son cou, moite de sueur, d'un baiser goulu. La fille ne protestait pas et ses lèvres humides entrouvertes par un sourire ne remuèrent pas plus quand Pinaguet y colla les siennes. Cependant qu'entre deux baisers, il souriait timidement, Jehan laissait glisser les mains tout le long du corsage rebondi et, brusquement, sous la pression involontaire, les boutons de la blouse cédèrent, tandis qu'un des seins, rouge de cette étreinte, s'épanchait, lourd et gonflé à chaque aspiration.

Le soleil ruisselait sur la chair nue, où les lèvres se traînaient, brûlantes et sèches. Alors, la servante se dégagea brusquement et s'enfuit ; et Jehan entendit les éclats de son rire que se renvoyaient les échos de l'escalier et des couloirs. Il ouvrit la lucarne toute large, et chanta aussi fort qu'il put, riant au soleil, à la vie, happant des mouches qu'il relâchait.

Penché sur sa guimbarde, il passa l'après-midi à siffloter gaiement. De temps en temps, dans la foule banale qui gravite sans fin dans les rues, se détachait la silhouette gracieuse et fine d'une femme de luxe, qu'il suivait d'un regard ravi. Pinaguet admirait fort cette élégance du costume, qui transforme les lignes de la femme et la femme elle-même jusqu'à en faire une chose jolie et gracieuse, sans personnalité, un objet d'art en quelque sorte. En surélevant le talon, les bottines donnent une allure plus élancée au mollet, que précise en le colorant la soie des bas. La taille et les hanches se transforment à l'infini sous la variété des plis des robes, et le visage lui-même est quasiment stylisé par l'encadrement savant des cheveux et du chapeau. Du haut de son siège, Jehan suivait le mouvement des lignes, sans qu'aucun désir de possession l'effleura, car il professait que ces jolies choses sont faites seulement pour être admirées.

Il n'était pas tenté de faire la moindre comparaison entre elles et la servante de l'auberge, chacune ayant dans son esprit méthodique une raison d'être déterminée. Et c'est pourquoi, en attendant les clients, sur la place du Théâtre, il admirait les élégantes fugitives, heureux de se sentir vivre, de voir les arbres, la foule, les étals chargés de fleurs, et jusqu'au dos pelé de sa maigre haridelle, qu'embellissait la magie d'un somptueux soleil d'été.

IV

Quand les cloches de l'église voisine sonnèrent les vêpres, l'abbé Chaumont interrompit un instant la lecture de son bréviaire, et dit à Joséphine qui ravaudait des bas près de la fenêtre, dont un rideau était tiré :

— Ma fille, allez me chercher un cruchon de genièvre. Demandez le meilleur, je vous prie !

— Comment ! Il n'y en a déjà plus à la maison ?

— Il m'en reste encore un peu. Seulement, il serait digne de déboucher un nouveau flacon, pour recevoir M. Pinaguet. Ce brave cocher a bien mérité une aussi mince preuve de notre considération.

— Pour cela oui ! C'est un fort honnête homme, et il est bien heureux qu'il ait eu la délicatesse de vous offrir une soutane neuve. Dans l'état où se trouvaient vos vêtements, vous n'auriez pas pu aller dimanche à votre messe.

— J'ai été confus de recevoir ce cadeau, mais heureux de constater une telle délicatesse de sentiments chez un homme d'humble condition.

— Je cours vite chercher le genièvre.

L'abbé poursuivit durant quelques instants encore sa

rêverie, puis, insensiblement, il ramena son regard aux pages du bréviaire jauni, dont il n'avait plus besoin de distinguer les lignes, depuis trente ans qu'il les lisait chaque jour. Et ses lèvres sucèrent les mots latins, tandis que son esprit continuait à vagabonder.

L'abbé Chaumont, que les gens ignorants des choses d'église appelaient « monsieur le curé », était un peu considéré par ses collègues, et par l'évêché surtout, comme une sorte d'irrégulier. Après avoir été tour à tour professeur, puis précepteur, il avait été titulaire d'une cure, en Hesbaye. Mais nulle part il n'avait su s'acclimater, tant à cause de son caractère indépendant qu'à cause d'un assez fort penchant pour les vins vieux et le genièvre.

Théologien érudit autant que latiniste averti, il ne conserva pas longtemps sa chaire au grand séminaire, parce qu'il développait aux néophites des idées considérées comme aptes à troubler les esprits non encore formés. Lorsqu'il fut installé dans un château, en qualité de précepteur, on le trouva maintes fois couché sous la table en compagnie de ses élèves, qui préféraient Rabelais aux doctes philosophes de l'antiquité. Dans sa paroisse, enfin, il froissa, par des sermons flagellants certaines notabilités bien en cour, et il commit même l'imprudence de commenter à sa façon un sermon de carême qui n'était pas à son goût.

Ainsi, de disgrâce en disgrâce, il avait été éloigné peu à peu des fonctions ecclésiastiques, si bien qu'il ne se rattachait plus à l'église que par une messe qu'il célébrait chaque matin à six heures en la paroisse Saint-Jacques.

Une douce philosophie le rendait assez peu sensible à

toutes ces tribulations. Solitaire et curieux de la vie, il traînait avec lui, dans des déménagements fréquents, quelques meubles aussi vieux que lui, une bibliothèque dont les grands tomes reliés lui rappelaient ses avatars successifs, et Joséphine, une pauvre fille qu'il avait ramassée dans la foule bigarrée et miséreuse d'un quartier populeux.

Les déménagements étaient la grande distraction de cette vie monotone. Chaque trimestre, l'abbé s'en allait derrière la charrette que traînait un homme de peine. Suivant sur le trottoir son mobilier ambulant, il s'inquiétait du fauteuil, dont le pied branlant menaçait de se briser au moindre choc, arrêtait le convoi pour réinstaller une vieille estampe entre deux coussins ou pour renouer la corde serrant un paquet de livres.

L'aménagement commençait alors, et il durait huit jours, pendant lesquels l'abbé s'affairait, discutait longuement la place de chaque meuble, tout comme s'il s'agissait de s'installer pour la vie entière.

Pendant quinze jours encore, le vieux philosophe s'inquiétait de ses colocataires, faisait connaissance avec la marmaille, étudiait les habitudes des voisins. Il se promenait par les rues d'alentour, savait combien de temps dureraient les travaux de pavement, se familiarisait avec les endroits pittoresques.

Tout le monde connaissait bientôt « monsieur le curé » ou « le gros curé » comme on disait, qui promenait lentement un ventre que la soutane flottante prolongeait jusqu'au col. Chez le barbier, l'abbé Chaumont parlait volontiers avec les clients, s'intéressait à leurs petites affaires, et puisait mille jouissances dans ces observations de tous genres.

Malgré, et peut-être à cause de sa vaste érudition, il goûtait des joies simples, se réjouissait du soleil et de la pluie, d'un coin de rue pittoresque ou d'un type original. Après avoir passé les trois quarts de sa vie à étudier et à lire, il s'inquiétait peu des livres et des philosophes, se complaisait dans son imagination qui rendait intéressants les gens et les choses les plus simples.

Il était heureux de recevoir Pinaguet, non seulement parce qu'il pressentait un esprit original, mais encore parce qu'une sympathie irréfléchie attirait l'un vers l'autre ces deux êtres divers, mais tous deux indépendants et mal à l'aise dans les classes que le temps et les intérêts humains ont constitué au sein de la société.

Le pas de Joséphine fit gémir les marches de l'escalier, et la maigre fille entra délibérément, comme fût entrée la maîtresse du logis. En déposant le cruchon de grès qu'elle tira d'un filet de corde tressée, elle dit :

— Il faudra prendre garde à en laisser, car nous ne pourrons plus en acheter ce mois-ci.

L'abbé eut un regard navré pour le calendrier qui marquait seulement le vingt-deux, et il étouffa un soupir.

Sans mot dire, Joséphine rangeait quelques objets, allait et venait par la pièce où planait l'atmosphère grise de la vesprée. Une fenêtre s'alluma dans le grand mur qui faisait vis-à-vis à la chambre, en l'enfouissant dans une sorte de cheminée que surmontait, très haut comme une calotte, un carré de ciel grand comme un drap de lit. Puis la lumière se fit plus douce, en même temps qu'une main experte baissait la mèche d'une lampe à pétrole. Autour d'une table, des têtes surgirent, baignant dans les rayons rougeâtres, et c'était étrange de voir, sans entendre aucun son, des silhouettes errer par la pièce et des lèvres s'agiter.

Son étroite poitrine écrasée contre la table, un gosse écrivait péniblement dans un cahier aux pages luisantes, tandis qu'à côté de lui, sa mère plongeait les assiettes et les tasses dans un bassin d'émail d'où elle les retirait ruisselantes d'eau grasse, pour les empiler dans un buffet entrouvert. En bras de chemise, un homme, renversé sur sa chaise, dépliait un journal dont l'abbé chercha à déchiffrer le titre. Le vieux prêtre contemplait avec bonhomie ce tableau de vie intime, encadré par le mur de briques noircies. Mais, de l'autre côté, quelqu'un s'approcha de la fenêtre, et un store tomba brusquement, de derrière lequel on ne vit que des ombres confuses.

Enfin, Pinaguet arriva, et Joséphine alluma le bec de gaz qui, voulant sans doute s'harmoniser avec l'austérité du lieu, distillait une lumière blanchâtre et sans éclat. C'est à peine si, de l'ombre, surgissaient les grands livres de la bibliothèque, les deux chaises et le fauteuil de tapisserie presque aussi vieux et court sur jambes que l'abbé qui s'y enfouissait béatement. Sur le tapis en tissu à ramages couvrant la table ronde, la boîte à tabac, enchâssée de nacre, béait sournoisement un de ces sourires doucement ironiques et émus que provoquent les enfants, les vieillards et les enthousiastes.

L'abbé souriait aussi, ses mains courtes et grassouillettes croisées sur son ventre, et Pinaguet ne soufflait mot, tant il était imprégné de la sérénité des choses d'église qui empruntent au Seigneur un peu de son immuable placidité.

Lorsque la servante fut sortie, après une révérence assez sèche, l'abbé murmura : « Une brave fille quand même ! » Et il se barbouilla le nez, le menton et la soutane de tabac fin et gras.

— Bonne fille il est vrai, et cependant combien peu sympathique au premier abord ! Il me souvient encore de l'époque où je l'ai rencontrée alors qu'elle habitait une maison proche de la mienne, et qu'elle vivait maigrement de quelques travaux de couture. Elle me dit avoir trente ans, et aujourd'hui elle avoue le même âge à tout qui le lui demande. Certain jour, je lui confiai une soutane à réparer, puis peu après, je l'employai à quelques courses de ménage. Un matin, elle vint frapper à ma porte pour savoir si je n'avais besoin de rien. Le lendemain, elle voulut ranger elle-même les denrées qu'elle m'apportait. Dès lors, elle fit mon ménage, après avoir fixé elle-même sa rétribution. Lorsque je changeai d'appartement, elle me pria de louer en même temps une chambre pour elle, et depuis ce jour elle me suit dans toutes mes périgrinations. Insensiblement, elle s'est mêlée à mes affaires d'argent, et maintenant, je lui remets presque intégralement mon modeste traitement, sans lui demander aucun compte. C'est une fort honnête fille qui ne voudrait pas me faire tort d'un sou. Grâce à elle, je suis débarrassé des mille soucis matériels, et il ne m'arrive plus, comme auparavant, d'être sans argent dès le quinze du mois. Il y a bien eu des gens mal pensants, ou plutôt mal disants, pour insinuer que cette situation n'était pas sans équivoque. On a même fait part à l'évêché de ce que l'on n'hésitait pas à appeler ma conduite scandaleuse. Mais qu'est-ce cela ? La calomnie ne perd pas ses droits, même devant le Christ, et bien malheureux est celui qui s'affecte ou se réjouit de l'opinion des hommes.

L'abbé s'interrompit pour retirer du bahut le cruchon qu'il déposa sur la table. Lentement, avec onction, il versa deux pleins verres de genièvre.

— Buvez, mon fils, dit-il, car le cœur n'est pas à l'aise quand le gosier est sec et brûlant.

Et lui-même, la lippe gourmande et l'œil pétillant, suça le bord de son verre, tandis que son regard s'emplissait d'une indicible douceur et que sa bouche, amollie par l'absence de dents, souriait avec bonté. Sur un buffet, un saint Antoine de plâtre semblait s'agiter, et le bec de gaz sifflait dans le manchon cassé.

L'abbé reprit, en étendant ses jambes courtes et en caressant de la main son menton immuablement mal rasé :

— Je parlais tantôt de malheureux, bien qu'en bonne philosophie on pourrait condamner cette distinction entre l'état de malheur et celui de bonheur. N'ayez crainte que je ne vous développe une thèse quelconque à ce sujet. Cependant, je veux vous dire que, malgré la simplicité rustique de vos idées, nous goûtons tous deux des plaisirs à peu près identiques. Tous deux en effet, nous nous réjouissons plutôt de l'aspect extérieur des choses que de leur composition ou de leur signification. Et c'est là, je pense, la raison de notre bonne humeur et de notre penchant naturel à la philanthropie. Je professe en effet que nos impressions nous portent tout naturellement à l'optimisme et à la générosité, tandis que notre esprit nous en détache pour nous ramener à la misanthropie. C'est peut-être que l'aspect des gens et des choses, auquel est sensible notre cœur, est souvent sympathique et bon, tandis que, par un examen approfondi, notre esprit y découvre presque toujours l'intérêt ou l'hostilité.

« Ainsi, mon fils, nous aimons tous deux l'homme qui est un animal égoïste et cruel, parce que nous ne nous complaisons pas à en déformer l'apparence polie et souvent généreuse par une analyse vaine. Ce que vous faites par instinct, je le fais par calcul, et pour ne pas tomber dans une misanthropie farouche et doulou- reuse. De la sorte, nous allons dans la vie en curieux, avides de beaux gestes et de choses pittoresques, et nous parons les hommes et les choses de la beauté de nos illusions.

L'abbé versa à nouveau deux pleins verres et il but une large gorgée en faisant claquer la langue. Durant quelques instants, il resta silencieux, occupé à regarder la silhouette hardie et caricaturale de Jehan, et à penser aux mystérieux desseins de la Providence qui unissait de la sorte le jeune bohème inculte et avide d'émotions au vieux sage, spectateur passif et amusé de la vie. Peut- être une impression de regret effleura-t-elle le cœur du vieil abbé, car son regard, où le genièvre mettait une flamme joyeuse, se voila un instant de mélancolie. Le bec de gaz enroué toussota péniblement, puis reprit sa respiration sifflante, jetant sur le tapis de la table et sur les murs, des taches de lumière qui dansaient.

L'abbé Chaumont dit alors en introduisant le bout roulé de son mouchoir dans ses narines immenses que le tabac desséché chatouillait :

— Je viens, une fois encore, de céder à une vieille manie, commune à bon nombre d'hommes, qui consiste à chercher une explication à nos plus simples actions, à classer celles-ci et à ériger nos aspirations en théories. J'ai dit « manie ». C'est plutôt « besoin » qu'il faudrait dire. En effet, notre rage de classification s'exerce dans tous les domaines et par tous. On en trouve une preuve dans les dictons populaires qui arrêtent que s'il pleut tel jour, il pleuvra un mois durant, ou bien encore qu'un beau vendredi promet un beau dimanche. Notre esprit inquiet cherche à mettre de l'ordre, ou plutôt à ordonner selon sa conception la nature elle-même, et l'homme ne songe pas qu'en agissant de la sorte, il se crée des motifs de désillusions. Il est vrai qu'il se donne à la fois l'occasion d'espérer, ce qui, à tout prendre, est une large compensation.

« Je crains, mon fils, de vous ennuyer par des considérations aussi pédantes. Aussi, je veux vous récréer quelque peu, en vous contant une histoire véridique en tous points que m'a dite un bedeau digne de foi, alors qu'en cotte rouge et en col effrangé, je servais la messe de six heures en l'église Sainte-Catherine. Dans son esprit méthodique et naïf, cet homme l'avait appelée l'histoire du moinillon gourmand.

S'enfonçant voluptueusement dans son fauteuil où se moulait son dos rond, l'abbé Chaumont parla en ces termes, d'une voix paisible, grave et sereine comme un divin cantique :

— Or, en ce temps-là, car c'est au seizième siècle que se déroula cette histoire, l'abbaye de Chèvremont fut dotée par le seigneur du même nom d'une cloche superbe bénie par le Saint-Père lui-même. Un chevalier, avec bonne escorte, avait fait tout exprès le voyage à Rome.

« Les moines fêtèrent cet heureux événement comme le doivent de bons et dévoués serviteurs de Dieu. Une procession magnifique descendit jusqu'au pied du mont et, le soir, un pantagruélique repas réunit dans le réfectoire moines et moinillons peu accoutumés à de semblables festins. N'est-ce pas encore se réjouir dans le Seigneur que de chanter ses louanges en faisant honneur aux bonnes choses qu'il a créées ?

« Poulardes et chapons, perdrix, grives et cailles, poulets dorés et gibier de tous poils à toutes sauces mettaient une joie immense au cœur de ces saints hommes. Et parce que des vins généreux, des meilleurs coteaux de la Meuse et même de Bourgogne, engourdissaient les esprits, c'étaient les cœurs seuls qui parlaient, et ils disaient des choses pures et belles.

« Tandis que la cloche bénie chantait un hymne triomphal, les bons moines mangeaient et buvaient, et nul n'avait un regard pour le morceau de squelette qui, placé au milieu de la table, devait rappeler à chacun les fins dernières de l'homme. Sur le fond clair des murs crépis à la chaux, les frocs faisaient de larges taches brunes, que surmontaient des têtes grasses et maigres, mais toutes illuminées d'un sourire ravi.

L'abbé s'interrompit encore, et il eut, lui aussi, un sourire en versant la dernière goutte contenue dans le cruchon. Et cependant qu'il humait la liqueur dorée, Pinaguet ne se douta pas que, par ce simple geste, le bon abbé se condamnait à huit jours d'abstinence.

— A onze heures, continua M. Chaumont, le prieur récita le bénédicité qu'il fit fervent et généreux, et tous regagnèrent leur cellule. Et tous étaient bons ce soir-là.

« Un moinillon, néanmoins, frère Gommaire, rêvait

d'un chapelet de cailles, aux tons dorés, au jus suave, qu'il n'avait pas eu le temps de manger. De le savoir au réfectoire, et à jamais perdu pour lui, il conçut un violent désespoir, et l'esprit malin ne tarda pas à le tenter.

« Lors, se glissant par les couloirs, dont les dalles glaçaient ses pieds nus, il se rendit au réfectoire, et là, mangea, bâfra plutôt, tant il avait déjà la panse pleine. Il mangeait à en étouffer, à la lueur du clair de lune, et la sauce engluait son menton, quand minuit sonna lentement. Un combat âpre et violent se livra alors entre l'esprit et la chair, l'esprit qui songeait à la défense faite, par les règles de l'ordre, de ne rien manger après minuit, et la chair, à qui trois cailles promettaient encore mille félicités.

« Dans le réfectoire sombre où il était seul, le moinillon gourmand continua de manger. Dieu alors punit son noir péché, et, dès cet instant, frère Gommaire fut toujours affamé. Il dut manger, sans trêve ni merci, et il ne parvenait pas à apaiser la fringale qui le tenaillait. Matin, midi, soir et matin, il devait s'emplir le ventre qui enflait à faire frémir. Toujours à table, toujours mangeant, il dégoûta les autres moines et le moment arriva où le prieur le repoussa comme un sujet de scandale.

« Las ! Frère Gommaire s'en dut aller dans les villages, de porte en porte, toujours mangeant, et son visage, gras comme lard, n'était pas fait pour exciter la pitié. Seuls les gosses lui apportaient des croûtons, parce qu'il leur contait des histoires. Deux vieilles filles, confites en dévotion, virent une intervention divine dans cette faim perpétuelle. Elles crièrent au miracle et voulurent faire pénitence de leurs péchés de bigotes séniles et exaltées en nourrissant frère Gommaire. Le moine hirsute et pouilleux fut installé dans leur maison, où désormais il y eut toujours couvert à table.

« Là, le moinillon mangea, mangea... Le bien des deux femmes y passa. A nouveau par monts et par vaux, frère Gommaire passe de longs jours en quête de sa nourriture. Un soir qu'à l'orée d'un bois, affamé, il grattait quelques os presque décharnés, un chien maigre, à l'œil miséreux, vint quémander une pitance. Le moinillon, l'estomac creux, le ventre vide, fit deux parts, l'une pour le chien.

« Le ciel, sans doute, en fut ému, car, dès ce jour, le moinillon ne souffrit plus de la faim. Hélas, l'habitude était prise. Gueux, défroqué, miséreux, vagabond, il resta gourmand par surcroît.

« Frère Gommaire mourut d'indigestion un jour qu'il avait dîné dans une cense.

L'abbé Chaumont garda longtemps le silence, son œil clair souriant à des visions qui devaient être saintes et belles. Enfin, il caressa d'un pouce voluptueux le puits lisse de la boîte à tabac, et dit, dans un soupir béat :

— Quelle belle punition quand même !

Et sa langue chercha au fond du verre une dernière goutte de genièvre.

V

Pinaguet ignorait s'il était heureux. Le recul lui manquait pour juger du nom qui convenait à son état d'âme. En tout cas, il vivait, et la vie devait lui sourire, car il fredonnait tout le long du jour, et son esprit folâtrait en des pensées couleur du temps qui était radieux.

Cependant, parce qu'il avait goûté toutes les sensations que peuvent procurer une guimbarde, une houppelande et un fouet, le métier de cocher perdit à ses yeux beaucoup de ses agréments. Comme disait l'abbé Chaumont, il était un curieux de la vie, et sa curiosité ne trouvait plus à s'exercer sur la place du Théâtre ou au cabaret du *Bon Saint Antoine*.

Maintes fois, le soir, quand il trimbalait sa caisse bruyante, dans les rues noires où il voyait les becs de gaz défiler à hauteur de son visage, Pinaguet plongeait un regard de convoitise dans le trou lumineux des cafés cossus, où, dans l'éblouissement des lumières électriques ouatées par la fumée des cigares, il entrevoyait les verres demi-pleins sur le marbre blanc des tables qu'encadraient les banquettes de molesquine rouge ou verte et la ceinture de glaces biseautées. Il admirait les garçons en tablier blanc, qui jonglaient avec des plateaux, entre les rangées de bourgeois attablés. Leur assurance et leur plastron luisant séduisaient le cocher, moins cependant que la diversité des clients qui excitait sa curiosité.

Un matin, il laissa sa houppelande au *Boulet d'Or*, et, les mains dans les poches, musa par les rues, où stationnaient les charrettes de boulangers, de laitiers et de brasseurs. Dans les cafés, larges ouverts, des servantes retournaient les chaises sur les tables, frottaient les vitres à la peau de chamois ou traînaient sur le pavé un torchon mouillé. Dans le fond, derrière le comptoir, on entendait des clapotis d'eau et des chocs de verres. Ailleurs, des garçons passaient d'une main experte, un torchon humide sur les tables, ou grillaient une cigarette devant la porte.

Ce jour-là, Pinaguet rentra plus tard que de coutume, et le soir, il annonça au cercle des habitués qu'il abandonnait le fouet pour la veste noire et la serviette. Le cocher, mâchant sa moustache grise, pesta contre ce qu'il appelait une lâche trahison. Le patron, lui, réfléchit longuement aux fins de savoir s'il devait désormais considérer son locataire comme un collègue ou comme un inférieur. Et il opta pour la seconde solution.

Comme ce soir-là le monsieur propret qui, le jour, errait derrière le pupitre du commissariat de police et le soir rangeait des allumettes sur les tables du *Boulet d'Or* paraissait être en belle humeur, Pinaguet entreprit de savoir enfin en quoi consistait ses fonctions officielles. Le bonhomme lui ayant répondu évasivement qu'il faisait partie de la police secrète, Jehan résolut d'employer la ruse pour en connaître davantage.

La conversation languissait. Alors, Pinaguet parla de l'âge de l'un et de l'autre, et demanda au cocher s'il avait dépassé la cinquantaine.

— Cinquante-six ans, mon fils. Et les mois de nourrice !

— Et vous, monsieur ? questionna-t-il, en s'adressant à l'amateur d'allumettes.

— Quarante-neuf le mois prochain !

— Allons donc ! Vous ne me ferez pas croire que vous avez déjà quarante-neuf ans !

— Je vous assure !

— Vous voulez rire ! Je parie une tournée que vous n'avez pas plus de quarante ans.

— Tenu.

— Laissez voir votre carte d'identité.

Tandis que le policier, à la fois flatté d'être rajeuni et heureux de gagner son pari, exhibait sa carte d'identité, Pinaguet lut, sous la kyrielle des prénoms : agent auxiliaire de troisième classe. Et il rit intérieurement en payant la tournée de genièvre.

Le lendemain après-midi, Jehan Pinaguet, en veste noire et en tablier blanc, faisait, sous l'égide d'un vétéran du plateau, ses débuts au *Café Grétry*. Ce café, qui étalait en plein centre de la ville une immense façade à larges baies vitrées, était un vaste établissement divisé en plusieurs salles qui figuraient assez bien les quartiers d'une cité. Chacune, en effet, avait sa clientèle distincte, et le rang social des membres du personnel variait, lui aussi, avec les divers départements. Le quartier aristocratique par excellence était à coup sûr la pâtisserie « Five o'clock », où tout était délicat, nuancé, depuis la teinte bleu tendre des panneaux et des abat-jour, jusqu'au parfum fade et moelleux qui se dégageait des gâteaux et des chocolats aux noms sucrés et aux emballages luxueux. Dans cette atmosphère de serre chaude qui, vers les quatre heures, bourdonnait du caquetage des élégantes, trônaient des demoiselles parfumées, frisées, poudrées, s'ornant d'un coquet tablier de broderie, et tendant les meringues et les petits fours en faisant miroiter des ongles passés à la pâte rose.

Luxueuse aussi était la salle du restaurant, très claire, avec des minces bouquets de fleurs et des serviettes aux plis savants sur l'éblouissante blancheur des nappes. Et c'était une élite aussi que formaient, sous la direction d'un maître d'hôtel de style, les garçons en smoking et en souliers vernis.

La grande salle, à la fois café et cinéma, réunissait les clients de plus mince lignage, et le menu fretin du personnel. C'était le quartier populeux, à la foule diverse et mal déterminée. La salle entière, les murs, le plafond, et les colonnes, paraissaient avoir absorbé la transpiration des milliers d'êtres qui y avaient séjourné, car elle avait revêtu des tons jaunes comme on en voit dans les vieux livres et sur le linge très sale.

Les peintures murales, atteintes par ce culottage, représentaient des dames aux seins nus, aux perruques blanches et aux jupes de satin, marivaudant avec des gentilshommes en justaucorps verts, jaunes, bleus et rouges. Les scènes se déroulaient sur un fond de verdure pâle, et s'agrémentaient d'escarpolettes, de pavillons de chasse et de colombes.

Une partie de la salle, un peu en retrait, était décorée d'une couche de faux rochers où s'enchâssaient des miroirs qu'embuait la fumée de tabac. Cette partie, que l'on appelait pompeusement la grotte, marquait encore une nuance sociale. Même on n'y voyait guère l'écran, les clients qui s'y installaient négligeaient une partie des plaisirs que l'établissement leur offrait en échange de leur argent. Aussi jouissaient-ils d'une considération plus marquée que le gros de la foule. C'est évidemment au service de cette foule que fut affecté Pinaguet, et il s'y complut. Au son d'un piano épileptique, qui mêlait la complainte des valses lentes à la frénésie des jazz-band et aux sempiternelles romances, il errait dans le vaste hall, attentif à ne pas pencher son plateau et à ne bousculer personne.

Sauf durant les courts entractes, la salle était plongée dans l'obscurité, et, sur l'écran, se déroulaient huit jours durant les mêmes péripéties dramatiques ou burlesques. Quand, après quelques jours, il ne fut plus obsédé par la crainte d'entrer, lui et son plateau, en collision avec un client baladeur, Jehan commença à remarquer la foule et le personnel qu'il n'avait encore entrevus qu'avec les yeux du novice qu'étreint toujours l'angoisse de l'inconnu.

Parmi le troupeau humain qui défilait dans la salle immense, des silhouettes se détachaient, les unes pittoresques et imprévues, les autres intéressantes seulement parce qu'elles représentaient toutes une catégorie d'individus. Mais toutes, caricaturales ou synthétiques, n'étaient que des planètes de dixième grandeur, gravitant autour d'un personnage unique et central : M. Léon.

M. Léon, gros, gras, dodu, goutteux, ventru, apoplectique, était non seulement gérant du *Grand Café*

Grétry, mais encore son âme, ou plutôt son incarnation même. Les joues atteintes de couperose étaient lourdes de graisse, dans laquelle les rides se marquaient en poches.

Sous un crâne couvert de cheveux courts, noirs à la nuque, gris au front et blancs aux tempes, s'enfonçaient des yeux gris, toujours humides, et le bas du corps disparaissait dans un large pantalon flasque, qui évoquait l'arrière-train mol et plissé d'un éléphant de cirque. Avec sa marche lourde, que rendaient oscillante des pieds malades, enveloppés de pantoufles de prunelle, M. Léon ressemblait à un personnage en baudruche à demi dégonflé.

Matin et soir, toujours debout, toujours oscillant sur ses pitoyables jambes de goutteux, il allait de la pâtisserie au restaurant, de la grande salle aux cuisines, veillait au déchargement des tonneaux de bière et à l'ouverture des bondes. Et si, parfois, il acceptait de vider un verre en compagnie d'un client de marque, le personnel ne sentait pas moins le regard mouillé du maître attaché à ses évolutions.

M. Léon parlait d'une voix toujours également grasse, qui semblait s'égarer dans tous les replis de sa chair avant de percer ses petites moustaches que la teinture bleuissait. Mais s'il n'usait pas des éclats de voix, il avait un geste impératif de la main et un claquement des doigts qui suffisaient à faire trembler les plus indisciplinés.

Derrière le monumental comptoir de marbre, où s'entassaient les verres et les tasses, les bouteilles et les filtres, grouillait une demi-douzaine de personnages, hommes et femmes, qui n'étaient pas les moins affairés parmi la petite armée de M. Léon. L'un d'eux, avec des cheveux roux taillés en brosse, une gigantesque moustache terminée en pointe et un nez sculpté à coups généreux et fermes, figurait assez bien un tambour-major, lorsqu'il dressait sa longue taille à côté de la pompe à bière, qu'il dominait de tout son front haut et fuyant.

Avec le geste martial du soldat qui charge un fusil, il ouvrait le robinet de cuivre et c'était plaisir de le voir sabrer dans le panache de mousse épaisse, avec un couteau de bois dont il étreignait le manche. Il ne s'adonnait jamais à la gaieté, méprisait la plaisanterie et parlait avec de terribles roulements d'yeux du temps où il était le plus grand cavalier du troisième régiment de lanciers.

Mince et chétive, une fillette l'aidait, qui semblait s'étioler encore à l'ombre d'un si grand homme.

Comme dans toute réunion d'humains il est besoin d'un bouc émissaire ayant fonction de faire rire la compagnie en encaissant les plaisanteries de chacun, les garçons du *Café Grétry* avaient choisi à cet effet un collègue qui, outre une femme et cinq enfants, offrait à leur esprit mordant une calvitie qu'il voilait, par pudeur, d'une douzaine de cheveux teints et cosmétiqués qu'il cultivait à grand-peine, à l'ombre de son oreille droite. C'était un fort brave homme qui poussait l'honnêteté jusqu'à simuler la mauvaise humeur à chaque nouvelle plaisanterie qui consistait le plus souvent à entacher furtivement d'encre la virginité de son crâne ou à lui faire annoncer par le groom qu'il était père une sixième fois.

Parce qu'il avait son champ d'action dans le même

coin que Pinaguet, ils devinrent camarades, et ils se rendaient de mutuels services, échangeant de la monnaie, ou allégeant de quelques verres un plateau trop chargé. C'est tout près de la grotte qu'ils remplissaient tous deux leurs fonctions, et Jehan ne fut pas long à remarquer la table des habitués ; non pas des habitués vulgaires que, chaque semaine, attirait le film à nombreux épisodes, mais de la crème même des habitués.

C'est deux, trois tables tout au fond, derrière une colonne, qu'ils occupaient, ces clients de premier choix, et, chaque jour, le coup de sept heures les trouvait à leur poste devant un vin blanc ou un café-filtre.

Il y avait là un vieux notaire, au col à bourrelets, qui, dans son invariable redingote d'uniforme qui traînait sur ses mollets, jouait au whist en parlant de ses caves à vin ou du dernier dîner fin qu'il avait fait. Il avait des grosses lèvres gourmandes, une femme grande et grosse comme un tourillon. Celle-ci étalait ses robes mauves, orange ou vert eau et sa figure poudrée, à côté de la table de jeu, où elle grignotait des sandwiches. M. le notaire était en excellents termes avec M. Léon. De plus, il appelait « Jean » tout court l'ex-cocher, et celui-ci devait bien lui être reconnaissant de cette familiarité.

D'ailleurs, sa veste noire, son tablier et sa serviette, en faisaient, il s'en rendit compte, un être impersonnel attaché au service de tous et de chacun. Et ses cheveux qu'il avait dû couper et qu'il lustrait chaque matin achevaient de lui enlever toute son originalité.

Jehan faisait quelquefois un brin de causette avec l'un ou l'autre des clients, et, lorsque l'un d'eux s'intéressait au film, il lui soufflait obligeamment :

— Vous avez reconnu Jim Parcger ? C'est le détective du premier épisode qui s'est camouflé pour retrouver la jeune fille.

Car Jehan savait les détails des scénarios qu'il voyait tous les jours. Le cinéma, avec les fastes de sa mise en scène et le nombre de ses multimillionnaires, lui ouvrait des horizons insoupçonnés, et c'était un plaisir pour lui de découvrir de nouveaux aspects de cette vie riche et somptueuse et qu'il ne pouvait apercevoir dans la réalité.

Malgré la vulgarisation de son prénom archaïque et les familiarités, parfois humiliantes, qu'il subissait, Jehan était heureux dans sa nouvelle profession. Toujours il observait, le sourire aux lèvres, et son sourire se faisait dédaigneux quand il servait des vieux messieurs promenant dans tous les établissements de plaisir des petites femmes de luxe, en laissant impudemment éclater dans leur épais sourire le plaisir qu'ils escomptaient tirer tantôt de leur compagne résignée. Pour ne pas connaître l'amer dégoût, Pinaguet s'amusait alors de leur suffisance grotesque.

Un mois à peine après qu'il avait abandonné le groupe héroïque des vieux cochers, Jehan avait déjà distingué les spectateurs d'un soir des clients qui venaient là chaque semaine, à jour fixe, presque toujours à la même heure, tant il est vrai que, dans son horreur de l'imprévu et de l'anarchie, l'homme a besoin d'ordonner ses plaisirs même.

Sans avoir l'air d'y prendre garde, Jehan rôdait souvent autour des tables, prenant plaisir à écouter les conversations qui s'échangeaient. C'étaient souvent des couples d'amoureux, se racontant des banalités, parce qu'ils n'étaient pas assez proches pour se dire ces choses qui n'ont de signification que murmurées entre deux baisers. C'étaient aussi de vieilles dames, commentant longuement les films en parlant avec force soupirs du beau temps de leur jeunesse qui était celui de toutes les vertus. Des drames même se jouaient dans cette salle, devant les tables nettes, et Jehan, qui en saisissait l'un ou l'autre épisode, s'ingéniait à les reconstituer dans leur intégrité.

— Tu as tort, je t'assure.

— Je sais bien. Mais que veux-tu, c'est plus fort que moi.

— Tu verras que jamais plus tu ne rencontreras un aussi brave garçon. Je l'ai encore vu hier. Il est au désespoir.

— C'est vrai. Il m'aime bien. L'autre aussi avait l'air de m'aimer. Ah ! Celui-là, il peut se vanter de m'avoir fait souffrir. Quand je pense qu'il me laissait seule à la maison, en me disant qu'il passait la soirée chez sa mère, alors qu'il conduisait une autre femme au bal.

— Peux-tu comparer ? Je te le répète, Maurice est l'homme qu'il te faut. Il est plein d'attentions pour toi...

— Cela oui ! Ce n'est pas comme mon mari, au temps où nous courtisions. Croirais-tu qu'un jour qu'il m'avait rencontrée au bal, il ne m'avait même pas offert un verre. Ce n'est pas comme Maurice. Lui, il faut qu'on l'arrête, sinon il ferait des folies.

— Tu vois bien !

— C'est évident, mais je ne peux pas oublier qu'il m'a trompée.

— Si tu savais que c'est peu de chose. Il est jeune, ce sont des caprices. Peut-on comparer ces folies à l'amour qu'il ressent pour toi ? Les caprices passent, va, je t'assure, et alors, on est bien heureux de trouver quelqu'un de sûr.

— Non, vois-tu, je ne peux pas me faire à cette idée. Je suis jeune aussi, moi !

— Enfin, réfléchis, je te le conseille, et attends demain pour lui donner une réponse définitive.

— C'est ce que je vais faire. Mais je crois...

Un client importun empêcha Pinaguet d'en entendre plus long, et lorsqu'il eut servi le bock commandé, la dame qui avait, en parlant, lacéré son mouchoir n'était plus là. Seule, l'autre était assise devant sa tasse de café, et déjà elle suivait le film, en essayant de deviner la partie qu'elle n'avait pu voir. Et elle rit de fort bon cœur à un passage comique.

Une après-midi, alors que le soleil baignait la pâtisserie et même la grande salle de rayons lumineux et chauds, le hasard du service conduisit pour la première fois Pinaguet aux cuisines. En voyant servir des plats fins, et en servant lui-même des boissons chaudes, jamais encore il n'avait songé d'une manière bien précise à ceux qui les préparaient. Il savait, certes, que dans les sous-sols, des hommes et des femmes travaillaient à accommoder les mets, et il se les figurait, tout de blanc vêtus, devant des fourneaux spacieux. Quelle ne fut pas sa stupéfaction de se trouver dans des caves étroites, où la vapeur assombrissait encore un maigre demi-jour, dispensé, avec l'air respirable, par des soupiraux grillagés. D'énormes fourneaux surchauffaient l'atmosphère tellement épaisse qu'on la voyait se déplacer, et l'odeur des sauces se mêlait aux innommables relents de vaisselle. Sous la voûte basse et enfumée, des hommes et des femmes travaillaient en effet, les uns offrant leurs bras nus et leur visage congestionné à la cuisante chaleur des fours et des marmites, les autres remuant des plats gras et des assiettes où collaient des reliefs de repas, dans l'eau chaude qui se couvrait de taches de graisse et exhalait une odeur écœurante.

De petites lampes électriques salissaient encore ces caves en rendant plus visible l'atmosphère qu'elles ne perçaient pas. Pinaguet se sentait oppressé ; il lui semblait qu'il ne pourrait demeurer une heure dans cet enfer. Alors, comme il s'informait, il apprit que cuisiniers et femmes de peine y vivaient chaque jour durant dix heures, sans voir le soleil et la rue.

Les tempes bourdonnantes et la poitrine douloureuse, il grimpa rapidement les escaliers et la lumière de la grande salle l'éblouit. En regardant les clients, paisiblement attablés, il sentit que l'inégalité humaine venait seulement de lui être révélée. Des sentiments confus l'agitaient, et des idées de révolte germèrent en son cerveau lorsqu'il aperçut M. Léon, promenant ses jambes goutteuses comme les stigmates de l'abus des viandes plantureuses et des vins vieux.

Le soir, il vit sortir une de ces femmes dont le sang pâlissait dans l'étouffoir des sous-sols. Sur le trottoir, un homme l'attendait, qui lui prit le bras et l'entraîna tendrement. Et en rentrant au *Boulet d'Or*, Pinaguet s'étonna que le cœur ne se desséchât pas, lui aussi, au feu mordant des fourneaux.

VI

Un jour, un garçon de restaurant, dont la démarche chaloupée s'accompagnait du craquement de chaussures fines, remit à Pinaguet un billet ainsi conçu :

« Camarade,
Vous êtes instamment prié d'assister à la réunion du personnel de l'industrie hôtelière, qui se tiendra samedi prochain à minuit à la Populaire (salle du premier étage).
Agréez, camarade, nos salutations.
Le Secrétaire du Comité provisoire,
J. Gallère. »

Ce billet était tiré à la pâte polygraphique, sur une page déchirée de cahier. En penchant sa tête frisée et lustrée à l'huile antique qui, le soir, avait une odeur rance, l'élégant garçon de restaurant souffla dans l'oreille de Pinaguet :

— Soyez-y sans faute. C'est ex-trê-me-ment important. Il s'agit de réclamer l'augmentation des salaires et la diminution des heures de travail.

Pinaguet promit, et, le samedi suivant, en quittant le *Café Grétry*, il se dirigea vers la Maison du Peuple, en compagnie du garçon aux cinq enfants. Et, chemin faisant, cet homme au sourire placide discourait avec véhémence.

— Que pensez-vous de la création d'un syndicat ? C'est heureux qu'on y vienne, n'est-ce pas ? Voilà assez longtemps que se fait sentir la nécessité de s'unir pour arracher par la force ce que les patrons nous refusent, à cause de notre faiblesse. Tandis que les ouvriers d'usine ont obtenu depuis longtemps la journée de huit heures et l'augmentation des salaires, nous continuons à croupir dans une situation misérable. Il est grand temps qu'on se ressaisisse et que l'on fasse enfin comprendre aux patrons qu'il y a des limites à l'exploitation du peuple. Nous sommes sur le chemin des réformes, et si nous parvenons à nous unir solidement, ce qui n'est pas douteux, nous arriverons, nous aussi, à obtenir les huit heures de travail et une juste rémunération de notre labeur.

Et le garçon placide s'échauffait, gesticulait dans les rues sombres où l'automne mettait de larges flaques d'eau. A la façade grise et sale de la Populaire, quelques fenêtres s'éclairaient de lumières ternes et comme salies par les carreaux couverts d'une crasse épaisse. L'homme qui gesticulait et Pinaguet qui l'écoutait entrèrent dans le café désert au fond duquel quatre hommes jouaient au billard sans souffler mot.

Par un escalier en colimaçon, gris et terne lui aussi, comme tout ce qui fait partie des Maisons du Peuple, où le peuple fume, crache, salit plus qu'il ne le ferait chez lui, ils arrivèrent dans une salle qu'une centaine de personnes attablées faisaient paraître exiguë.

Au milieu du bourdonnement des conversations et des appels qui s'entrechoquaient, les deux garçons prirent place, et ils burent la bière que leur servit un garçon de café comme eux. Sur la table de bois brun, où les verres précédents avaient marqué des cercles gras, un journal traînait, que Jehan parcourut machinalement.

C'était le *Journal du Peuple*. Sous le titre « Dans l'industrie hôtelière », Pinaguet lut, presque mot par mot, le discours enflammé que venait de lui tenir le garçon aux cinq enfants, et que ce dernier, indifférent à l'inattention de son voisin, continuait, d'une voix âpre.

Dans un coin de la salle, trois ou quatre bannières de syndicats et de sociétés mutuelles attendaient le prochain cortège, dans leur gaine, d'où sortaient seules les flèches et les lourdes médailles de cuivre. Tout à côté, une grosse caisse au ventre parcheminé attendait, elle aussi, la prochaine manifestation où elle tiendrait la première place, entre le drapeau rouge et les trombones.

Derrière une table, plus longue que les autres, réservée au bureau provisoire, s'ouvrait la porte du balcon, d'où, aux jours héroïques des meetings en plein vent, les tribuns socialistes lançaient à la foule amassée sur la place des mots sonores et des phrases vibrantes, ponctuées par les fanfares. La porte-fenêtre était close, et le balcon ne tendait aujourd'hui qu'une hampe dénudée.

Pinaguet se souvint d'un chaud dimanche qui avait vu défiler dans les rues les fanfares déchirantes et les oriflammes écarlates, suivies de la foule houleuse des malcontents. Il n'avait pas compris alors la signification de ces parades menaçantes. Mais aujourd'hui, dans cette salle où le petit personnel surtout, les marmitons, les hommes de peine, les femmes d'ouvrage, tous ceux des cuisines et des sous-sols puants, attendaient avidement qu'on s'occupât d'eux, il songeait à nouveau aux mineurs et aux ouvriers du fer qu'il avait vu défiler, alors qu'ils réclamaient les huit heures de travail. Une pitié immense l'envahit pour ce peuple à qui sa misère pèse plus lourdement depuis qu'il a pris conscience de sa force et de son droit au bonheur.

Cependant, dans la foule bourdonnante, les miséreux de l'office et des caves gardaient presque tous le silence, tandis que les garçons, les jeunes surtout, les élégants, les bien vêtus, les bien nourris, murmuraient haut et parlaient de violence. Minable, le petit personnel était mal à l'aise au milieu des costumes noirs et des plastrons empesés qui, par charité, toléraient sa présence parmi eux.

Une sonnette fêlée tinta, et, dans le silence soudain, on entendit un « Chers camarades » accompagné de l'inévitable toussotement.

Chacun se tourna vers la table du comité où Joseph Gallère s'était levé. Le secrétaire du Comité provisoire parcourut tranquillement l'auditoire du regard, puis il parla en ces termes, d'une voix de fausset qui convenait à sa personne fluette et blonde :

— Chers camarades, si nous vous avons réunis ce soir, c'est que nous voulons vous consulter au sujet de la constitution éventuelle d'un syndicat du personnel de l'industrie hôtelière. (Quelques bravos isolés.)

« Vous n'ignorez point la situation actuelle qui est faite à notre corporation. Alors que les ouvriers de toutes parties, groupés en associations professionnelles, ont exigé et obtenu la diminution des heures de travail et le relèvement des salaires, les garçons de café, tout comme d'ailleurs le petit personnel, continuent à travailler onze et douze heures par jour, moyennant un salaire de famine. (Très bien !)

« Camarades, on nous considère un peu comme des parias, et nombre d'entre nous vivent uniquement des pourboires qui ne sont pas toujours d'un bien grand appoint.

« Devant un tel état de choses, quelques camarades ont pensé à constituer un syndicat qui nous permettrait de revendiquer l'amélioration de notre situation morale et matérielle. (Vive le syndicat !)

« Tout d'abord, serait inscrite au programme de nos revendications, la journée des huit ou des neuf heures, qui, outre le repos nécessaire, nous donnera le temps d'étudier et de lire, d'augmenter notre culture générale...

Joseph Gallère parla longtemps encore dans ce sens, citant certains passages de l'article du *Journal du Peuple*, lequel était signé de ses initiales. Aux passages à effet, il mettait des trémolos dans sa voix aigre qui eût été cocasse dans tout autre endroit que cette salle morne, où planait une atmosphère de rancœur et de haine.

Lorsqu'il eut fini de discourir, on vota le principe de la constitution du syndicat par assis et debout, et toute l'assemblée se leva. Alors, le Comité provisoire, qui était composé de cinq membres, fit circuler des bulletins de mains en mains, et les cinq membres provisoires furent élus. Parmi eux se trouvait un garçon de bar, dont la mine longue et blafarde était comme la devanture de son commerce de cocaïne, et un jeune homme qui, après journée, remplissait les fonctions lucratives de croupier dans les tripots interlopes. Le premier fut nommé trésorier du syndicat, et le second secrétaire adjoint, sans que nul, dans la salle, élevât une protestation. Le petit personnel n'eut qu'un représentant au sein du Comité, et les gens des caves n'osèrent pas en demander davantage.

Cette nuit-là, cependant, Pinaguet s'endormit confiant dans l'union des prolétaires.

Dès ce jour, il fréquenta assidûment la Maison du Peuple. Le matin, il y avait toujours dans le café des groupes d'ouvriers grévistes qui venaient aux nouvelles ou allaient toucher leur indemnité dans les bureaux des syndicats.

Ces bureaux, occupés presque toujours par un secrétaire et un dactylographe, étaient installés aux étages supérieurs de la Maison du Peuple, et les murs des couloirs étaient surchargés d'inscriptions : « Pour le syndicat des mineurs, s'adresser au numéro cinq » ou bien : « Union des ouvriers boulangers, deuxième porte à droite ».

Dans ce labyrinthe de couloirs où erraient toujours des ouvriers et des femmes du peuple, les bureaux s'ouvraient de tous côtés, uniformément délabrés, et l'uniformité de leur agencement convenait aussi bien à l'antre d'un procureur balsacien qu'à l'officine d'un faiseur d'affaires ténébreuses ou au cabinet d'un avocaillon sans cause.

C'est en errant dans ces cuisines du socialisme que Pinaguet se mit au courant de la cause du peuple, non sans que son enthousiasme pour l'idéologie humanitaire se refroidisse au contact de la réalité bureaucratique et paperassière.

Les secrétaires étaient pour la plupart des jeunes aspirants à la vie publique qui, le dimanche, s'entraînaient en prenant la parole dans des meetings de banlieue ou de campagne. Comme on revendique le titre de poète, dès qu'on est père d'un sonnet inédit, ces gens se croyaient hommes politiques, parce qu'ils avaient parlé de suffrage universel et de réformes constitutionnelles devant un quarteron de badauds.

Ils étaient plus affairés que des ministres, et recevaient les ouvriers avec le laisser-aller d'un homme qui est à la fois l'ami, le protecteur et le chef du peuple.

Dans le café, les ouvriers discutaient beaucoup en buvant de la bière, mais il semblait que le *Journal du Peuple* donnât à tous le ton qui convenait. Chaque jour, sur chaque question, cette feuille émettait un avis et, comme les articles étaient rédigés par des députés socialistes, force était à chacun d'y puiser ses propres opinions.

Point n'était besoin de penser ; si, par hasard, quelqu'un osait avoir des idées personnelles sur une question à l'ordre du jour, il devenait aussitôt suspect, et les « purs » ne tardaient pas à l'écarter.

Cette sorte de discipline qu'acceptaient sans broncher des gens avides de liberté, Pinaguet la sentit nettement lors d'un meeting contradictoire qui eut lieu, à quelque temps de là, dans la salle des fêtes de la Populaire. Quand on se trouvait dans cette salle, on comprenait malaisément le sens du mot fêtes, tant, par la teinte terne et sale, comme tout le reste de la Maison du Peuple, elle évoquait peu l'idée de réjouissances.

Cependant, parce qu'un député devait prendre la parole, il y avait foule ce soir-là sur les bancs sans dossier qui se pressaient dans les galeries superposées. La séance était annoncée pour sept heures, et dès six heures et demie, un bon millier d'ouvriers, parmi lesquels d'assez nombreuses femmes, se pressaient derrière les balustrades, fumaient, criaient, crachaient, s'interpellaient, se disputaient parfois à la grande joie de leurs voisins.

Sur la scène, le décor de la précédente représentation théâtrale était resté, et une table avait été posée, devant une forêt de toile peinte qui se bossuait à chaque courant d'air. A sept heures, l'orateur n'était pas arrivé. Personne n'y prit garde, et cette foule qui, au théâtre, eût murmuré après une attente de cinq minutes, attendit patiemment jusque sept heures et demie le bon vouloir du représentant du peuple.

Des applaudissements saluèrent l'entrée de ce dernier, et des cris de « Vive Bloquet » fusèrent çà et là. Le député Bloquet était un homme petit et gros, dont la longue cravate lavallière flottait au vent, en même temps que le cordon d'un lorgnon mal assis sur un nez trop petit. Sa figure grasse s'ornait d'une moustache et de sourcils noirs et épais, et sa bouche était lippue et humide.

Ses prunelles noires, qui brillaient dans la mince ouverture des paupières, avaient toujours une expression joyeuse qui seyait au bonhomme rond de menton, rond de ventre et de cuisses. Les journaux bourgeois racontaient à son sujet maintes anecdotes. A les croire, le député Bloquet ne manquait jamais, lors des réceptions officielles, de puiser largement dans la caisse à cigares et d'en garnir ses poches béantes et prolétariennes. Une fois même, au Palais provincial, Madame la Gouverneur lui aurait dit au moment du départ :

— Voyons, monsieur le député, encore un cigare pour faire la route.

Et lui aurait répondu étourdiment :

— C'est avec plaisir. Mais n'ayez crainte. J'y avais déjà pourvu.

On assurait aussi qu'en ces occasions, il avait un regard particulièrement amical pour les garçons faisant le service, et que ceux-ci ne manquaient jamais de lui présenter, plus souvent qu'à son tour, le plateau à champagne. Ce n'étaient là que des peccadilles comme on peut en reprocher à un homme tout rond de cœur et de bedon.

Quoi qu'il en soit, il avait une voix sonore qui subjuguait les foules, savait extirper les applaudissements de l'auditoire, et il était cité toutes les dix lignes dans les comptes rendus des séances du Parlement. Jamais cependant il ne prononçait de longs discours, mais il avait le talent de lancer, en temps opportun, la boutade qui soulevait les « rires à l'extrême gauche ».

Au demeurant, brave homme, bon père de famille et grand buveur devant l'Eternel. Ce soir-là, il harangua son public comme il en avait coutume, parlant avec véhémence des infâmes bourgeois, des cochons de capitalistes, sans manquer de rappeler, pour qu'on n'en doute pas, que son père à lui était l'anarchiste notoire qui, vingt ans auparavant, avait lancé une bombe sous la voiture d'un souverain étranger.

Il parla encore de la révolution lente et paisible qui,

irrésistiblement, amènerait le triomphe du prolétariat.

A la première galerie, tout contre la scène, un ouvrier d'une trentaine d'années l'écoutait avidement, le menton appuyé sur ses mains croisées.

Les yeux clairs et brillants, dans sa physionomie rude, décelaient une douloureuse tension d'esprit. Quand la voix sonore de Bloquet, qui lançait les phrases humanitaires ou vengeresses comme un commissaire-priseur vante la marchandise, eut sombré dans un tonnerre d'applaudissements, l'ouvrier se leva et demanda la parole. Un murmure hostile s'éleva, car, à ce meeting contradictoire, la foule ne supportait pas que l'on contredît son prophète. En balançant lentement, face à la foule, son grand corps lourd, aux épaules écrasantes, au torse carré, aux bras noueux, aux mains courtes et dures que des poils envahissaient jusqu'aux doigts, l'homme récita des phrases qu'il avait longuement préparées. Si l'une d'elles venait à lui échapper, son regard perdait son assurance, et ses doigts se crispaient un moment.

Après un timide « Citoyens » que l'écho des phrases vibrantes du député rendait plus ridicule, il s'indigna de l'inertie des chefs socialistes qui se contentent, une fois députés, de servir aux électeurs des paroles, toujours les mêmes.

— Depuis longtemps, dit-il, on nous annonce le triomphe du prolétariat, ce qui n'empêche pas l'ouvrier d'être toujours aussi misérable que par le passé. On nous incite à la grève, en nous promettant de fortes indemnités de chômage, et, après huit jours, les caisses du syndicat sont vides.

Sans éclat de voix, l'ouvrier disait toute la rancœur

amassée pendant six semaines de chômage et de misère. Mais bientôt la foule se fit hostile. Des cris, puis des huées éclatèrent, mêlées d'injures grossières et de tapage. Désarçonné par la bourrasque, l'homme essaya de parler encore, tandis que le citoyen Bloquet, les mains sur son ventre rond et rebondi, exprimait dans un sourire tout son mépris pour un aussi faible adversaire.

On cria : « A la porte le traître ! Dehors le vendu ! » Alors, le colosse se balança plus fort, jeta à la foule un long regard où il y avait de l'étonnement et de la douleur, et il s'en fut à travers les rangs houleux en tordant son chapeau dans ses doigts crispés.

Et à cet instant, son visage exprimait toute l'angoisse d'un homme qui se trouve tout à coup en face d'une réalité cruelle, après avoir voulu croire jusqu'au bout à un idéal qui le consolait de ses peines. Farouche, il s'enfonça dans les rues sombres et sa misère lui apparut intolérable, maintenant qu'aucune foi ne l'aidait plus à la supporter.

Le citoyen Bloquet parla encore, enfla souvent la voix pour lancer le mot « Liberté », mais Pinaguet l'écoutait sans l'entendre. Des pensées s'agitaient confusément dans son cerveau. Lui non plus ne pardonnait pas au citoyen Bloquet et à tous les autres d'avoir mis au cœur du peuple une soif d'équité, d'égalité morale et matérielle irréalisables. Il en voulut à tous et à lui-même d'avoir troublé la quiétude de son esprit en y mettant de l'âpreté et de l'amertume.

Pinaguet, maintenant, avait besoin, lui aussi, d'idéal, il souffrait de le savoir irréalisable. C'est surtout à son cerveau qu'il s'en prit, à sa faculté de penser qui se mettait tout à coup en travers de son bonheur.

Au matin, il pensait encore au député Bloquet et au colosse désemparé, il pensait aux gens des cuisines et des sous-sols immondes, et au triomphe du prolétariat. Dans ce désarroi moral, Jehan songea au bon abbé Chaumont, et il l'alla voir. Le sage ecclésiastique l'écouta sans mot dire, puis il hocha la tête et dit avec douceur :

— Mon fils, je comprends d'autant mieux votre peine que, moi-même, j'ai nourri maintes fois ce sentiment de révolte qui vous ronge aujourd'hui. C'est la résultante habituelle de la pensée, car notre esprit est tout pétri de cette inquiétude lancinante. Certes, il est des idées généreuses et véritablement belles, mais si l'on ne veut pas les ternir et goûter à l'amertume, il faut les tenir soigneusement loin de tout contact avec la réalité. Il semble bien, en effet, que l'homme ne soit point perfectible, et dès lors, les plus nobles idéologies se heurteront toujours à sa nature qui, je vous l'ai déjà dit, est vile et méchante.

« Je vous avoue que c'est par égoïsme que je vis sans souci des mouvements sociaux. Voyant les hommes isolés, je ne me mets pas en peine pour l'espèce, et s'il m'arrive de m'apitoyer, ce n'est pas avec l'esprit, mais avec le cœur, qui ne connaît ni le doute ni l'inquiétude.

« J'ai dit que j'agissais de la sorte par égoïsme. C'est aussi parce que je crois que l'esprit n'a jamais rien produit de réellement beau et bon. Bien fol est celui qui cherche à comprendre les choses, mais n'est-il pas heureux, par contre, celui qui goûte intensément les beautés de la création ? Car l'homme est plus proche de Dieu par le cœur que par la raison.

A ces lénifiantes paroles, Pinaguet sentit se dissiper peu à peu le trouble de son esprit, et il sourit à un rayon de soleil qui se glissait par-dessus les pignons d'alentour, et mettait des taches claires sur la soutane et sur les livres de l'abbé Chaumont.

VII

Depuis deux heures déjà ils défilaient dans les rues, où les nuages et les toits s'égouttaient tristement, et, chaque fois que la fanfare se taisait, ils sentaient leurs jambes plus molles. Mais ils ne pouvaient s'arrêter un instant, car chaque rang était pressé par d'autres rangs qui le bousculaient avec la même indifférence implacable des bœufs d'un troupeau.

Ils étaient huit cents peut-être, garçons de restaurant, garçons de café, cuisiniers, marmitons, plongeurs et femmes de peine, qui marchaient en cortège dans les rues boueuses où leurs pieds crevaient les flaques d'eau. Ils manifestaient, drapeau rouge en tête, au son d'une fanfare de bonne volonté qui répétait inlassablement deux airs, toujours les mêmes.

Depuis deux heures ils défilaient dans la pluie, et les badauds s'arrêtaient pour les voir passer. Quand on arrivait devant un café ou un restaurant, on arrêtait cette marche farouche, et la musique tonitruait *l'Internationale*. Mais, depuis deux heures qu'ils manifestaient de la sorte, dans la pluie et dans la boue, entre les maisons détrempées, les toits luisants, le ciel gris et le

pavé gluant où couraient des ruisseaux, ils n'avaient
même plus la force d'être menaçants et ils écoutaient,
l'œil morne et les jambes flageolantes, l'hymne consa-
cré des prolétaires. Le citoyen Gallère marchait en tête,
à côté du drapeau rouge qui pendait sur sa hampe, et
chaque fois que des désertions se produisaient, il faisait
éclater la musique, et promenait dans les rangs des
paroles vibrantes que la pluie ternissait.

Depuis un mois, on avait trop entendu parler du
Triomphe du Prolétariat, et ces mots, et bien d'autres
encore, s'étaient peu à peu usés, si bien qu'ils n'avaient
plus aucun sens. Et puis, on marchait depuis deux
heures ; depuis deux heures on entendait *l'Internationale*, et les cuivres avaient mis un bourdonnement
confus dans tous les cerveaux. Cette fois, le syndicat
n'était plus un projet vague et lointain ; le syndicat
existait, et déjà on était en grève. Les patrons paraissaient résolus à ne pas céder, et le citoyen Gallère
n'entendait pas que l'on transigeât.

On irait jusqu'au bout. On crèverait de faim durant
huit jours, un mois encore, mais le syndicat aurait le
dernier mot. Pour le moment on marchait, on marchait
sans fin, sans penser et sans espérer autre chose qu'à
voir se terminer cette interminable ballottage entre des
dos, des côtes et des ventres, des murs, des pavés et de
la pluie.

On s'arrêta encore devant les bureaux du journal
doctrinaire qui, dans ses colonnes, avait fait le procès
du syndicat. On hua durant cinq minutes, puis on
marcha à nouveau, longtemps, avant d'arriver à la
Maison du Peuple.

Là, le grand troupeau se disloqua, tandis qu'on

hissait la grosse caisse dans la salle du premier étage, à sa place, près des bannières et des médailles de cuivre. Et Pinaguet, le cerveau creux, la démarche falote, s'enfouit dans les ruelles luisantes où les réverbères allumaient sur le pavé de monstrueuses traînées lumineuses. Il rencontra un groupe d'hommes ivres qui chantaient une lugubre complainte; plus loin, un homme et une femme, étroitement embrassés, chuchotaient, dans un coin sombre, tandis que les nuages à bordures claires frottaient l'outre de leur ventre énorme à l'arête des toits et des pignons. Il s'endormit, le cœur malade, après avoir bu trois pleins verres de genièvre, aux côtés du patron et du croque-mort jovial.

Le lendemain, Pinaguet rendit visite à l'abbé Chaumont et son humeur chagrine s'atténua. Il l'alla visiter les jours suivants encore, et peu à peu son esprit recouvra sa sérénité. Les grévistes avaient mauvaise presse dans le public. Comme les mineurs et les ouvriers du fer, ils n'avaient pas des faces noircies, des mains calleuses et des accidentés à brandir devant l'opinion. Leur misère banale et presque bourgeoise n'intéressait personne, et les patrons conservèrent leur attitude ferme. Le citoyen Gallère restait optimiste, il continuait à clamer la victoire prochaine, mais chaque jour le groupe des « purs » se faisait moins nombreux. Les garçons et les gens des cuisines s'embauchaient dans les usines, quelques-uns dans les bureaux, et le public n'entendit plus parler de la grève du personnel de l'industrie hôtelière. Des garçons nouveaux et des femmes avaient pris la place des mécontents, et on s'accoutuma au nouvel état de choses.

Pinaguet vivait maigrement, mais la douce philosophie du bon abbé lui enseignait à jouir de la vie avec simplicité. Dans son fauteuil qu'il rapprochait davantage du poêle au fur et à mesure que l'été s'enfuyait, « le gros curé » parlait chaque jour au gré de ses pensées ; un incident futile lui fournissait matière à de doctes dissertations. Si Jehan ne saisissait pas toujours les savantes subtilités auxquelles l'ecclésiastique érudit se laissait parfois entraîner, il s'imprégnait cependant de l'optimisme naturel de l'abbé. Il fût demeuré des heures durant à écouter cette voix moelleuse qui s'accompagnait de gestes persuasifs. Quel savant que cet abbé ! Et aussi quelle belle bibliothèque il possédait ! Que de livres à revêtement de vieux cuir ou d'austère carton noir ! Quel harmonieux alignement de dorures et de titres gravés !

Pinaguet se sentait envahi de respect pour les livres, pour les très vieux livres surtout, dont les pages jaunies exhalent un parfum fade qui est comme l'odeur des temps lointains. Jehan se complaisait à la contemplation des vitrines de bouquinistes où il croyait retrouver l'âme elle-même de l'abbé Chaumont. Il goûtait l'entassement pittoresque des livres de toutes sortes dans la demi-clarté qui convient à ces boutiques, procédant du temple et de la nécropole. Dans un regard où il exprimait son respect pieux pour ces monuments de la pensée humaine, Pinaguet embrassait les solennels Larousse, les vieilles éditions du *Télémaque* ou du *Dialogue des Morts*, l'entassement des grammaires et des romans populaires, en même temps que les longues séries d'un in-folio dormant dans le rougeoiement d'une pile monumentale.

Souvent il pensait que vivre dans l'intimité des grands

maîtres, près du poêle ronronnant, remuer familière-
ment ce que l'esprit humain a produit de plus pur serait
un sort bien digne d'envie.

Un jour que l'appartement de l'abbé Chaumont
s'emplissait de l'odeur chaude et moelleuse et du
grésillement des gaufres, Pinaguet parla en rougissant
au bon curé de son ambition naissante. Il lui dit
l'attraction des livres et des bouquineries, et son désir
d'être employé dans une de ces boutiques.

Ce jour-là, le mur qui se dressait devant la fenêtre
comme un rideau était brûlant de soleil, les cris de la
marmaille grouillant dans la cour emplissaient l'air. Le
pas de Joséphine traînait dans la chambre voisine d'où
s'échappait un fumet de pâte sucrée et de vanille.

L'abbé Chaumont parla posément, en savourant à la
fois l'odeur des gaufres et la tiédeur du soleil :

— Mon fils, si je ne m'abuse, vous êtes tourmenté
surtout par le désir d'acquérir un peu de cette érudition
qui éblouit trop aisément le vulgaire. Cette ambition est
louable, j'en conviens, pour autant que les choses soient
bonnes ou mauvaises dans leur essence. Laissez-moi
vous dire cependant la vanité de l'esprit humain, qui,
après tant de siècles, en est encore à répéter avec
Socrate : « Je ne sais rien. » Le Seigneur, mon fils, vous
a donné une âme simple et droite, un jugement sain et
un cœur grand ouvert aux beautés de la création et à
l'infinie bonté du créateur. Je souhaite ardemment
qu'une érudition superficielle et sans directives ne
détruise pas cette candeur et cet enthousiasme naturel.
Lisez, certes, mais faites-le sans passion. Etudiez les
philosophes, mais n'empruntez pas leur philosophie ;
connaissez-les tous, mais ne soyez le disciple d'aucun.

Peu de livres, mon fils, contiennent autant de poésie que votre âme simple et naïve. Que vaut la métaphysique et toutes ses contradictions pour l'homme qui vit, qui jouit sainement, largement de la vie, qui puise ses émotions dans les spectacles simples et grandioses de la nature ?

« Il est peu d'hommes aujourd'hui qui connaissent encore cette belle nature, ou plutôt qui aient l'âme assez fraîche pour se délecter encore d'un rayon de soleil ou d'une vesprée mélancolique. On pense beaucoup, on s'agite, la joie a pris nom de plaisir, et on la détaille dans les salles de spectacles ou les bibliothèques de gares.

« Il me souvient d'un court voyage que je fis l'an dernier dans les Ardennes françaises. Loin des villes et des gros bourgs, loin des châteaux et des grandes routes, des gares et des télégraphes, je rencontrai là, penché sur une colline boisée, le plus coquet village que quiconque ne vit. Figurez-vous, éclairé par un soleil d'août et par le resplendissement de toute la verdure, le spectacle d'une cinquantaine de maisons, toutes également basses, groupant leurs murs éclatants de blancheur et leurs toits pointus autour d'une église, pas beaucoup plus haute qu'elles, dont le clocheton luisait comme une grande aiguille piquée sur la pelote bleue du ciel. Devant les maisons des poules grouillaient dans le fumier chatoyant de tons dorés et roux. De la volaille partout, sur les chemins et dans les venelles, sur les haies et dans les cuisines ouvertes, caquetant, picorant, remuant des plumes de toutes couleurs. Dans les champs, qui avaient peu à peu rongé la forêt, des femmes de tous âges travaillaient sous leurs grands chapeaux de paille, remuaient la pelle et la charrue, entassaient le foin et fauchaient les moissons. Ah ! quel beau village que celui-là, où vivaient deux cents âmes simples, deux cents paysans, ni riches ni pauvres, possédant chacun une bicoque blanche, un bout de champ, une vache et quelques poules ! Quel beau village que celui-là, où chacun travaillait, où les femmes allaient aux champs, soignaient les bêtes, cuisaient les pains, tandis que les mâles peinaient dans les scieries qui émaillaient les bois environnants.

« Ni riches ni pauvres, ai-je dit, et partant pas de haines, pas de querelles. Tous trimaient six jours sur sept, et le dimanche, tandis que les hommes jouaient aux boules, en buvant du marc, les femmes bavardaient, assises sur la place publique ou dans quelque champ voisin. Quels heureux gens que ceux-là, qui vivent en communion avec l'âpre terre et le ciel qui la vivifie ! Quels braves gens que ceux qui ne se soucient pas d'amasser mais de manger et boire tout leur saoul, en respirant la bonne odeur des champs et des bois. Comme je l'enviais ce vieux prêtre qui vivait au milieu de pareilles ouailles, à qui il ne parlait jamais de l'enfer, mais du ciel ! Devant ces paysans frustes, je me sentais humble, moi et tout mon latin, car ils m'étaient vraiment supérieurs, ces hommes qui vivaient de la vie même de la nature, dans l'amour et le respect de Dieu. Car là est, je crois, le vrai destin de l'homme.

« Mais voilà encore que je disserte étourdiment, et je veux en revenir au sujet de notre conversation. Je vous ai dit ce que je pensais de la lecture et des livres. Ne croyez pas cependant que je veuille vous détourner de vos desseins, car je sais combien sont sots les vieillards qui pensent que leur expérience peut servir à d'autres, comme si chacun ne devait pas faire soi-même l'apprentissage de la vie.

« Je vous seconderai donc dans la mesure de mes modestes moyens. Auparavant je fréquentais assidûment certaine librairie qui, en matière d'œuvres latines et de vieux manuscrits, est à coup sûr la mieux achalandée de la ville. Je vous recommanderai donc à Maître Bigoureau, en lui faisant le juste éloge de vos qualités de cœur et d'esprit.

Ayant dit, l'abbé Chaumont fit apporter des gaufres tièdes et du café, et ils savourèrent ce modeste repas dans la chambre claire où luisaient les dorures des livres.

M. Octave Bigoureau, libraire à l'enseigne du *Bibliophile avisé*, était un bonhomme malingre et chenu dont la maigreur s'enveloppait dans une ample redingote noire, qui luisait presqu'autant que son crâne étroit et rond, poli, jauni et sans bosse. Ses petits yeux se cernaient de lunettes d'or et sa voix grelottante sortait de la broussaille d'une barbiche qui semblait plantée là pour feutrer les sons. Vacillant sur le tire-bouchonnement de ses pantalons larges et flasques, il errait sans trêve dans la boutique, tantôt se penchait sur la boîte à deux sous tantôt grimpait sur un escabeau, toujours feuilletant de vieux livres en reniflant bruyamment, comme s'il reconnaissait les ouvrages à leur odeur plutôt qu'à leur titre.

Tandis que le corps chétif de M. Octave Bigoureau errait ainsi, grimpait des échelles, se penchait ou tournait des pages, tandis que la portion machinale de son cerveau s'occupait de livres, de manuscrits ou de

commerce, la partie la plus noble de son esprit s'inquiétait perpétuellement d'autres soins, plus proches des
hautes sphères de l'intelligence humaine. Car le mince
libraire du *Bibliophile avisé* s'honorait de recevoir dans
la grisaille de sa boutique les plus beaux esprits de la
ville, des savants authentiques, des professeurs érudits,
des écrivains et des sociologues. Tous ces gens étaient
des vieillards respectables, qui, à la soirée, venaient
bouquiner paisiblement et se chauffer, en causant, au
poêle monumental. C'est pourquoi M. Octave Bigoureau, qui avait des prétentions à la philosophie et à la
littérature, pensait durant des journées aux choses qu'il
leur dirait le soir. Et parce que, chaque jour, le libraire
développait une idée sienne ou commentait une vieille
idée, les esprits disserts qui le fréquentaient le considé-
raient presque comme un des leurs, et le mêlaient à
leurs discussions.

Ainsi, la vie entière de ce bonhomme à lunettes d'or
gravitait autour d'un point unique et central : les doctes
causeries du soir, qui réclamaient une préparation de
tous les instants. On comprend qu'un homme dont
l'esprit charrie de telles préoccupations n'accorde pas
une attention bien profonde à un jeune homme dégin-
gandé, aspirant avec humilité aux fonctions de garçon
de magasin.

M. Octave Bigoureau promena ses lunettes d'or à dix
centimètres de la lettre dont l'abbé Chaumont avait
muni Pinaguet, puis à un demi-mètre de l'anatomie du
jeune homme. La portion machinale de son cerveau se
mit un instant en branle.

— La recommandation de M. l'abbé Chaumont, qui
est un de mes bons amis — le libraire prononça :

omi — me décide à vous prendre à mon service, tout au moins à titre d'essai. Demain, à neuf heures, vous pourrez vous présenter, et je vous expliquerai en quoi consistent vos fonctions, je me permets de vous faire remarquer qu'un costume noir, seul, et de préférence une redingote, est compatible avec la dignité de votre nouvelle profession.

Et la partie machinale encore le fit ajouter :

— Comme vous n'avez aucune expérience en matière de librairie, votre traitement initial sera de deux cents francs par mois. Je suppose que ces conditions vous conviennent.

Et, ayant dit, M. Octave Bigoureau se replongea dans les plus hautes spéculations où se complaisait son esprit disert.

Jehan Pinaguet fit l'acquisition d'une jaquette étroite et longue qui mettait en relief chacun de ses os et de ses muscles, laissait les poignets dégagés et pendait tristement sur ses reins creux. Cravaté de noir et le cou emprisonné dans un faux col qui lui labourait le menton, il vint désormais chaque matin, ponctuellement, enlever les volets de la librairie et prendre sa place derrière les longues tables de bois noir où s'entassaient tant de volumes.

Lors il époussetait les rayons, effaçait à la gomme les notations ou les dessins crayonnés en marge des livres et rangeait dans la boîte à deux sous les humbles volumes égarés au *Bibliophile avisé.* Cette boîte à deux sous devint bientôt pour lui ce qu'est aux gosses le grenier mystérieux où l'on va de découverte en découverte. L'entassement brutal de papier jauni et souvent déchiré qui unissait les plus grands poètes ou philosophes à l'auteur inconnu ou au fabricant des livres de classe, lui était familier, et dans leur humilité, ces œuvres au rabais, écrasées par la majesté des somptueuses reliures environnantes, lui inspiraient un sentiment pieux.

La soirée, chère à M. Octave Bigoureau, était pour Pinaguet aussi l'instant intéressant de la journée. C'est alors qu'avec la lumière jaunâtre de l'unique bec de gaz, la boutique prenait son aspect le plus pittoresque, et s'animait des gestes mesurés des clients sérieux et des augustes palabres des beaux esprits.

Parmi ceux-ci, il y en avait deux surtout qui parlaient d'abondance, un grand et un petit, l'un maigre avec une peau grisâtre tendue sur des os proéminents, l'autre gras, gros, joufflu, ventru, avec un teint frais et rose, un petit visage poupon, des joues luisantes et un amour de petit nez modelé dans de la pâte dentifrice. Le grand, qui portait de longues moustaches grises, drapait sur ses épaules en portemanteau des vestons et des pardessus amples dont le tissu, las de chercher des chairs absentes, se répandait en plis fantaisistes. Le petit, lui, ficelait ses épanchements anatomiques dans des vêtements tellement étroits que les boutons ne résistaient guère plus de huit jours. Le petit et le grand, le dodelu et l'efflanqué, étaient fort amis et ils aimaient converser, ou plutôt chacun d'eux aimait être écouté de l'autre.

Quand le maigre, qui s'appelait Fressard, avait la parole, il parlait abondamment de Shakespeare, dont l'étude était l'objet unique de sa vie. Non pas qu'il goûtât particulièrement le grand poète anglais, c'est à peine s'il avait lu ses œuvres, mais parce qu'il était intéressant de savoir quel nom était caché sous ce pseudonyme célèbre. Et le mince M. Fressard avait lu tous les livres qui s'occupent de cette brûlante question, il avait examiné chacune des hypothèses et, pour l'instant, il consacrait ses jours et ses soirs à l'élaboration d'une hypothèse nouvelle : Shakespeare, roi d'Angleterre !

Le rond petit bonhomme, qui répondait au nom de M. Legroin, s'occupait peu de Shakespeare. Critique littéraire dans un petit journal de la ville, il servait chaque semaine aux épiciers et aux allumeurs de réverbères qui le lisaient des considérations sur Corneille, Racine, voire sur de plus humbles classiques, critiquait les commentaires modernes du *Cid* ou d'*Athalie* et semblait ignorer que la littérature ait survécu à ces illustres poètes. Sans y prendre garde, il laissait s'empiler les livres nouvellement parus qu'on lui envoyait, mettant seulement à part les rééditions de ses classiques favoris.

Chaque jeudi il apportait le journal, et lisait son article aux assidus du *Bibliophile avisé*. Quand il ne parlait pas des écrivains du Grand Siècle, M. François Legroin discourait sur les vins et les liqueurs qui emplissaient ses caves. M. Legroin n'était pas buveur, une gastrite lui interdisait tout usage des boissons alcooliques, aussi il collectionnait les crus fameux comme il collectionnait les vieilles éditions, sans y toucher jamais. Probablement parce que lui-même ne buvait pas, il ne songeait pas que d'autres puissent goûter ce plaisir, et jamais nul ne fut invité à apprécier autrement que par l'imagination les charmes de cette fameuse cave.

Outre le long M. Fressard et le potelé M. Legroin,

Don Quichotte et Sancho, dieux du *Bibliophile avisé*, on voyait encore, autour du poêle de la librairie, six ou sept personnages de second plan, qui se bornaient le plus sagement à écouter les causeurs, ce qui les rendait indispensables. L'un d'eux, cependant, lisait aussi les articles qu'il écrivait pour une autre feuille de la ville, sur des questions d'archéologie ou de philologie. C'était un professeur d'université, qui lisait des revues, rien que des revues, toutes les revues, dont les articles macéraient dans l'eau tiède de son cerveau pour être resservis à l'état de décoction dans le journal en question. Tels étaient les personnages que, chaque soir, Pinaguet voyait s'agiter sous le bec de gaz qui auréolait de jaune la poussière de la boutique.

Pour lui, ces gens grotesques représentaient les hautes sphères intellectuelles ; aussi, après avoir ressenti un profond dégoût pour cette culture qu'il avait imaginée si pure et si inaccessible, en arriva-t-il à rire philosophiquement des allures caricaturales de la réalité.

La lecture, d'ailleurs, avait produit en lui des impressions à peu près identiques. Feuilletant les philosophes, au hasard, il ne rencontra que contradictions perpétuelles. Toutes les théories étaient aussi séduisantes, tous les sophistes aussi convaincants et cependant tous étaient diamétralement opposés.

Alors, Pinaguet ne chercha plus à savoir. Il regarda à nouveau la vie au travers de ses illusions et de son âme, et sagement il ferma les livres, en se contentant d'épousseter ces prétentieux monuments de la vanité humaine.

VIII

Dans la chambre étroite, au plafond bas, s'épaississait une atmosphère fade, mêlant l'arôme du thé tiédi aux relents pharmaceutiques, l'âcre fumée du poêle à l'odeur de sueur rance. La lumière salie d'abord par le pan de mur noirci qui faisait un volet à la fenêtre, se diffusait au travers de rideaux jaunis dont les plis pendaient avec un air las. La tapisserie crasseuse, aux déchirures nombreuses, se renvoyait d'un air morne ce jour lamentable qui s'accrochait parfois au verre poussiéreux d'une estampe ou d'une image d'Epinal. Dans un petit lit de fer, dont la lèpre n'avait pas encore envahi tout l'émail bleu de Prusse, l'abbé Chaumont grelottait, sa tête amaigrie et tachetée d'une barbe noirâtre, enfouie dans un oreiller sans taie. Une couverture rouge, où les rapiécetages se marquaient en grands carreaux bruns ou noirs, dessinait les formes de son corps, dont la robuste charpente semblait s'être affaissée soudain, telle une baraque de forain dont les poutres écroulées trouent de tous côtés la toile flasque. Le cou ressemblait à un membre disséqué tant les nerfs, les muscles et les os étaient perceptibles sous le voile d'une peau lâche et diaphane.

Le gros abbé avait été déraciné tout d'un coup, couché sur son lit, où depuis deux jours il râlait de fièvre, fondait, se desséchait, grelottant et suant à la fois. Assis sur une chaise basse, près de la table de nuit où traînaient des potions, des verres et des tasses sales, Pinaguet, le menton sur les mains, contemplait tristement son grand ami torturé. Jamais encore il n'était entré dans la chambre de l'abbé, et l'aspect d'un tel dénuement avait encore accru sa tristesse.

L'abbé ne parlait pas, il semblait mettre tout ce qui lui restait de forces au service de ses poumons qui avaient grand-peine à aspirer l'air épais de la chambre. Dehors il pleuvait et, comme dans la maison, tout suait la tristesse. L'œil rivé au plafond, l'abbé dressait son grand nez où collaient encore quelques grains de tabac, et dans ce visage incolore, aux rides luisantes de transpiration, Jehan cherchait le délicieux sourire de celui qui, auparavant, lui contait l'histoire du moinillon gourmand. De temps à autre on entendait des pas grimpant l'escalier et le heurt des cruches ou des pots des ménagères. Des gosses criaillaient à l'étage au-dessus, ou s'ébrouaient dans la cour mouillée. Mais dans la chambre vibrait sans trêve la respiration rauque du moribond.

Sur le tard, à la vesprée, l'abbé fit à Pinaguet un signe de sa main où couraient les veines. Alors, quand l'autre fut tout près, lentement, en reprenant haleine, il lui parla encore :

— Mon fils, mon cher Jehan, vous le savez comme moi, je vais mourir. Je voudrais me mentir à moi-même, mais je dois avouer que je ne pars pas sans regret. C'est bon de vivre, et seule ma religion peut atténuer mon chagrin. Mon cher fils, vous allez être seul à nouveau, sans ce vieux curé qui a tâché d'être pour vous un ami et un père à la fois. Je ne vous laisse malheureusement rien... Mes livres ne vous seraient d'aucune utilité. Mais prenez là, sur la tablette de gauche, ce petit volume relié... A côté... C'est cela... C'est un livre naïf et bon, simple et magnifique, sans philosophie vaine ou digressions pédantes. On y parle de cœurs simples et de soleil... Beaucoup de ce bon soleil dont j'aurais tant aimé qu'un rayon adoucisse mon départ... Adieu, mon fils.

L'abbé se tut. Péniblement il se tourna vers le mur, et durant une heure encore Jehan entendit son souffle qui faiblissait. L'obscurité avait envahi la chambre, et, sur sa chaise basse, Pinaguet rêvait profondément, l'œil fixé sur l'oreiller diffus. Il n'entendit pas Joséphine qui entrait dans la chambre, et il sursauta brusquement quand il l'entendit crier :

— Mon Dieu ! Monsieur le curé est mort !

Alors il pleura doucement, devant la pauvre chose maigre et roide qui n'était plus qu'un petit paquet sous la couverture rapiécée, tandis que la fille faisait un colis des objets ayant quelque valeur.

Tout seul, dans la ville, entre l'auberge et la librairie, Jehan trouva la vie maussade. Tandis que l'hiver mettait la pluie ou la grisaille dans les rues, il se sentait mal à l'aise dans la mince jaquette noire qui compressait ses poumons avides de grand air et réprimait les mouvements de ses bras gigantesques. Dans les livres, dans la poussière, près des beaux esprits pédants et gâteux, sous les ordres d'un libraire bouffi d'orgueil à faire crever sa chétive personne, il songeait aux campagnes infinies, humides de pluie ou luxuriantes de soleil. Il rêvait des terres embroussaillées ou pelées par la charrue, des ruisseaux faisant une guipure aux hautes collines boisées. Il rêvait de matins brumeux, de midis lourds et chauds, de vesprées, de soirs et de nature meilleure. Il rêvait surtout d'une vie libre et franche, rude, belle et sauvage, parmi les paysans, les rustres, parmi les gueux, ses frères, gens sans latin, sans science et sans esprit qui vivent de bon lard, de soupe et de grand air, de travail et d'amour, sans s'inquiéter d'autrui, ni des astres ni des livres.

Un matin que la neige blanchit, sans jaquette, sans faux col, dans un ample manteau où il est à l'aise, il quitte l'auberge. D'abord il va au cimetière, dans un coin, tout au fond, loin des grands mausolées, où nul ne vient jamais. L'abbé Chaumont est là sous la neige. Pinaguet, grand, mince et noueux, avec des cheveux en broussaille, s'agenouille et rêve longtemps. Ils sont très doux, très doux, ses songes, comme le bon vieux enterré là. Il fait tout blanc, il fait silence, et Jehan s'assoit sur le tertre et ouvre le livre de l'abbé. Il lit les *Contes* de Perrault, « le Chat Botté », « Chaperon Rouge », « Petit Poucet » et « Barbe-Bleue », et partout il voit du soleil éclairant des choses fort belles. C'est l'héritage du gros curé !

Pinaguet reste là longtemps et les flocons tombent toujours. Très tard il quitte la tombe, le cœur ému, mais l'âme pleine de choses calmes, douces et bonnes. Tout seul, par les chemins déserts, dans la campagne blanche, sous le grand ciel tout blanc, loin de la ville où tout s'agite, Pinaguet va, le nez au vent.

6 avril 1921.

Au Pont des Arches

Petit roman humoristique
de mœurs liégeoises

Préface

Mieulx est de ris que de larmes escrire
Pour ce que rire est le propre de l'homme.

C'est dans l'esprit de cette docte et philosophique sentence du père de Gargantua, grand-père de Pantagruel, que l'auteur écrivit ce livre, au titre duquel il accola, non sans hésitation, l'appellation : « roman humoristique ».

Humoristique ! C'est là un bien grand mot, avec lequel il ne parvint jamais à se familiariser entièrement. Au temps où il était poète, car, vers la douzième année, il fut pris, comme tout collégien qui se respecte, du besoin d'aligner des alexandrins avec des vers de quatorze, voire quinze pieds, en des élégies où rimes, césures, accents toniques, syllabes faibles et fortes s'harmonisaient avec le même sens musical qui préside à l'orchestration des champs de foire ; lorsque l'auteur avait douze ans, dis-je, il avait des idées assez vagues sur l'humour, qu'il tenait en grand mépris. Pour lui, ce mot englobait dans l'aspiration de son h, tous bons mots

105

du calendrier, réservant toutefois la suprématie aux farces dites anglaises.

Plus tard, suivant les règles de l'évolution qui président aux destinées de ce bas monde, ses idées changèrent, pour arrêtées qu'elles étaient. Reniant les jeux de mots faciles et grossiers, l'humour ne patronna plus que les œuvres, seules comprises des malins, parce qu'elles signifient le contraire de ce qu'elles disent en réalité. Puis, ses idées passèrent par d'autres phases encore, fastidieuses à détailler.

Toujours est-il qu'il en est arrivé, après les avoir épuisées toutes, à n'avoir plus d'idées sur l'humour.

C'est d'ailleurs la raison qui l'a incité à écrire ce mot en tête de ce livre. En effet, puisqu'il ne s'agit ni de tragédie, ni de drame, ni de roman sentimental, historique, pornographique ou scientifique, de poème, d'almanach ou d'abécédaire, de grammaire, de roman de cape et d'épée ou d'histoire d'imagination, l'auteur a toutes les raisons pour croire que c'est bel et bien de l'humour. En géométrie on dit, je crois, d'un raisonnement similaire, faire la preuve par l'absurde.

Si l'auteur avait encore eu des scrupules, le Petit Larousse illustré *les lui eût enlevés sans coup férir. En effet, page 392, entre les mots* humoristique *et* humus *(muce, n. m. lat.) il a trouvé une définition bien faite pour lui donner ses apaisements :*

HUMOUR. — Mélange d'esprit et de naïveté, de gaieté et de mélancolie, de brusquerie et de sensibilité.

Comme on n'exige pas telle ou telle dose de chacun de ces produits, il se risque, ayant, en toute éventualité, l'ultime consolation de passer sa bile sur Monsieur Larousse.

LIVRE I

Chapitre Ier

Où le lecteur fait connaissance
avec la famille Planquet

Ce dimanche-là, Joseph Planquet, pharmacien à l'enseigne du *Pont des Arches*, ne fit pas la grasse matinée. Dès huit heures, il fut éveillé par sa femme qui rentrait de la messe, le nez rouge et humide, la voix légèrement enrouée.

— Allons, presse-toi donc ! Tu sais quelle besogne nous attend aujourd'hui.

Tandis qu'Ursule Planquet descendait à la cuisine surveiller la fricassée au lard dont l'odeur se répandait déjà dans toute la maison, Joseph Planquet sauta du lit sans maugréer, sans s'étirer, sans même se rendormir quelques minutes comme il en avait l'habitude. Comme disait Ursule, il y avait de la besogne. Non pas que ce dimanche brumeux dût amener à l'office plus d'amateurs de jujube, d'aspirine, de pilules purgatives pour pigeons que de coutume ; mais ne devait-on pas mettre tous la main à la pâte pour préparer une digne réception à Timoléon Planquet-

109

Peperbroek, qui arrivait le soir même de Bruxelles et s'installait *Au Pont des Arches* ?

En songeant à ces choses, Joseph Planquet allongea stoïquement ses jambes longues et velues, toutes moites encore de la tiédeur des draps, enfila ses chaussettes de laine à grosses côtes et se vêtit en hâte.

Une animation extraordinaire régnait dans la petite maison, tandis qu'au-dehors un froid d'octobre embuait la Meuse et rendait indécis les lourds contours des chalands amarrés au quai. Le pont des Arches lui-même s'estompait de brume, comme noyé dans le brouillard. Quelques ombres s'y profilaient, toutes grises, pressées, et l'on devinait les cols relevés, les nez violacés et les mains enfouies tout au fond des poches.

La pharmacie Planquet est une vieille, très vieille maison, qui semble liée de toute éternité au pont qu'elle flanque, sur la rive gauche de la Meuse. Les fondations en sont soudées aux bases mêmes de l'ouvrage, comme pour attester encore une commune destinée.

Tandis que les appartements prennent surtout vue sur le quai, la pharmacie étale ses deux vitrines étroites dans la grand'rue qui descend vers le centre de la ville.

Si, avec sa grande redingote noire et polie, sa barbiche grisâtre qui finit en pointe mais commence un peu partout sur le visage, Joseph Planquet a un aspect vieillot, on peut dire que celui de l'officine est pour le moins vétuste. Les deux montres, sans profondeur, aux glaces vierges de reflet, sont bourrées du haut en bas d'objets hétéroclites. Le caoutchouc des injecteurs voisine avec celui des biberons hygiéniques ; des bandages pour hernieux côtoient les cigares de goudron en équilibre sur une boîte de Milanaise ; l'insecticide fraternise avec les fameuses pilules purgatives pour pigeons, la ouate thermogène et les seringues graduées ; des tablettes de vermifuge reposent sur le bocal où se meurt d'ennui un vers solitaire culotté comme une vieille touche de piano.

Dominant chacune de ces expositions, une tête de femme, mi-couverte d'eczémas purulents, donne, sinon une séduisante idée du sexe faible, du moins un aperçu des travaux de la maison : « Spécialités pour les maladies de la peau ».

Si l'on se hausse sur la pointe des pieds, on peut apercevoir dans une pénombre mystérieuse deux petits comptoirs de bois noir, surmontés des traditionnels bocaux : Salicylatis Bismuthi, Magnesia Alcinata, Boras sodal, Gumini Arabicum... Aussi, cet aspect extérieur est-il bien fait pour donner aux plus sains des mortels l'irrésistible envie de goûter à toutes ces bonnes choses.

Un quart d'heure plus tard, toute la famille était réunie dans la salle à manger. Ursule Planquet, par habitude, grondait la servante qui mettait beaucoup trop de beurre pour brouiller les œufs ; sa fille Jeanne découpait une tranche de lard, tandis que Joseph Planquet, pour la seconde fois, s'attaquait au lacet de sa bottine gauche.

Seul, Paul, le fils âgé d'une vingtaine d'années manquait encore. Il arriva, en négligé, les yeux bouffis de sommeil, les pieds traînant des sandales, alors que le mouvement des fourchettes battait son plein...

— Jour ! Suis un peu en retard. Je dormais si bien !

Il prit place, se versa du café...

Après un quart d'heure de silence, ce fut à nouveau branle-bas général. La cuisine, devenue le théâtre des opérations, chacun, sauf Paul, s'y remuait, émettant une idée ou brandissant la fameuse *Cuisine Bourgeoise* pour signaler une faute de la servante.

— Voyons, Marie, je te dis qu'il faut battre le jaune et le blanc séparément.

— Mais, monsieur...

— Puisque c'est écrit, voyons !

Car, malgré les protestations de sa moitié, le potache s'était improvisé chef cuisinier. Depuis deux jours, il feuilletait le précieux guide, s'arrêtait à des titres ronflants, à des promesses alléchantes. Il fallait un petit dîner « extra », des plats qu'on ne mange pas tous les jours. Ursule, puis Jeanne étaient intervenues, avaient placé chacune leur mot, et l'on avait fini par arrêter un menu « jenevousdisqueça » !

Vous pensez si, au dernier moment, tout le monde était sur la brèche. La cuisine présentait réellement l'aspect d'un champ de bataille. Des jaunes d'œufs stagnaient dans un grand bol ébréché ; les blancs filaient, visqueux, dans le compotier à fleurs, tandis que les coquilles bavaient à même la table ; une pâte blanche et molle à souhait s'étendait, comme une peau de chamois, sur celle-ci ; un four s'ouvrait sur un poulet doré ; les casseroles fumaient ; une salade s'égouttait dans sa prison grillée ; Marie se tailladait les doigts en ouvrant une boîte de tomates et son sang tombait en belles gouttelettes dans un pot de farine ; le lait bouillait d'un poêlon et s'épandait en crissant sur la cuisinière ; un gâteau s'obstinait à brûler d'un côté et à ne pas cuire de l'autre ; une vapeur épaisse, saturée de fumets divers, depuis l'excitante odeur du girofle jusqu'aux fades relents de vanille flottait, s'accrochant aux murs, collant aux vitres. Le pharmacien, sa femme, sa fille, sa servante s'agitaient, criaient, gesticulaient, grondaient, en revenaient toujours au fameux livre que la graisse et le jus de viande guettaient à tous les coins de table pour l'outrager de leurs salissures. Ce fut une matinée mémorable. Joseph Planquet avait vécu bien des moments inoubliables ; plus d'une fois l'épidémie avait rempli son officine d'une foule affolée ; il avait vu le choléra, assisté à des banquets fameux ; le dîner de son mariage comptait quarante couverts, et chaque année il se gaudissait à la fraternelle ripaille des potards.

Il avait vu tout cela, ce diable d'homme, et bien d'autres choses encore. Mais jamais, au grand jamais, il n'avait été à pareille fête. Il inspectait poêlons et casseroles, marmites et lèchefrites, présidait au dépeçage du gibier, au déplumage de la volaille, à la confection de chaque sauce. Il donnait des ordres magistraux, le bras droit noblement déployé, tandis que la main gauche tenait la *Cuisine Bourgeoise* à hauteur de ses besicles. Sa femme le suivait, tâchant d'épargner ici un œuf, là un morceau de beurre. Mais lui, avec la dignité qui convient à l'accomplissement des grandes choses, menaçait de remettre le commandement s'il était encore question d'économies, alors qu'il s'agissait de fêter un vrai gourmet, un homme habitué à la cuisine délicate de la capitale. Est-il besoin de dire que l'on dîna comme on put, sur un bout de table hâtivement débarrassé, car Jeanne s'occupait d'ores et déjà de mettre le couvert, pour le dîner, dans la salle à manger.

Paul, rentrant de sa balade dominicale au « Carré », osa bien émettre quelques critiques, mais ce n'est là qu'un détail insignifiant.

Vers quatre heures, la bataille fut gagnée, c'est-à-dire qu'on laissa à Marie le soin de surveiller quelques cuissons et de rétablir le bon ordre de la cuisine. Lors, Madame et Mademoiselle s'en furent faire toilette.

Joseph Planquet traîna son fauteuil d'osier derrière la fenêtre du balcon, et là, au milieu du brouhaha s'élevant du quai, il s'enfouit dans la lecture d'un journal. Les dernières nouvelles de Pékin, le récent suicide et la nécrologie du jour ne devaient pas être bien intéressants, car, bientôt, l'esprit du lecteur s'en détourna.

Sans qu'il s'en rendît compte, il songea à la fortune rondelette que son frère avait réalisée en vendant des haricots, de la cannelle et des harengs saurs. Il y songeait même beaucoup, non par égoïsme ou avarice ; seulement, il ne pouvait s'empêcher de penser que Timoléon Planquet, étant veuf et sans enfants, il se pourrait bien qu'un jour Paul serait luxueusement installé et que le nom des Planquet brillerait d'un lustre nouveau dans le Gotha de la pharmacie liégeoise.

Qui sait jusqu'où il alla dans cette ambitieuse rêverie ? Il en était peut-être arrivé à compter les années, lorsque sa femme, en robe de soie mauve, rompit le charme.

— Si, en attendant, on allait chercher une tarte blanche pour « boire le café » !

— Je veux bien. Cependant, fais prendre une « raubosse » pour moi.

Et ainsi, le reste de l'après-dîner s'écoula dans l'attente. Ursule, ne tenant pas en place, allait et venait, redressant le papier rouge des bobèches, rentrant dans l'alignement une « potée » de géraniums ou bien encore ramassant un bois d'allumette oublié sur le plancher.

Joseph était plongé à nouveau dans la lecture de « son » journal et Jeanne savourait pour la seconde fois *Mon Oncle et mon Curé*.

Quant à Paul, il était allé « faire un tour », ce à quoi il passait le plus clair de ses loisirs.

Nous avons déjà crayonné un hâtif portrait du maître de céans : de la broussaille grisâtre, se terminant en pointe sur l'invariable nœud de cravate noire, une calvitie jaune et bossuée comme un champ de bataille.

Quant à Ursule, c'était une petite femme mince et

nerveuse, active et trépidante, ne comprenant pas qu'il y eût des gens calmes. Un visage chiffonné, des yeux gris et des cheveux châtains presque blancs, serrés en bandeaux...

Jeanne, qui marchait rapidement sur ses vingt-sept ans, était dotée d'un visage anguleux, avec un menton et un nez pointus à faire frémir. Lorsqu'elle daignait parler, ses lèvres s'allongeaient vers son interlocuteur, sans doute pour doter le visage d'un angle de plus. Elle était nonchalante, laissait tomber les paroles et alanguissait son regard bleu sale.

A six heures, comme il l'avait promis, Paul rentra pour accompagner son père à la gare. Le pharmacien, une bougie à la main, descendit tout d'abord à la cave. Il choisit en connaisseur une demi-douzaine de bouteilles, qui la panse courte et rebondie, qui le col long et gracieusement élancé, toutes poussiéreuses et garnies d'authentiques cachets rouges et verts.

Il enfila alors son long pardessus et, après une dernière tournée d'inspection à la cuisine, un dernier ordre magistral, quitta la maison, le cœur léger aussi de cette diversion à la monotonie des longs dimanches.

Sa femme ne résista pas, elle non plus, à l'invincible attrait de la cuisine. Tout en recommandant à Marie de ne pas la toucher « avec ses sales mains », elle voulut assister jusqu'au bout aux préparatifs. Pendant ce temps, Jeanne contemplait ses angles anatomiques qui se reflétaient, sans le briser, dans le miroir de la salle à manger.

Chapitre II

Où il est traité de désillusions

Depuis le jour où Guillaume Planquet, aïeul de Joseph Planquet, avait reçu à dîner, au *Pont des Arches*, le maïeur en la bonne ville de Liège, jamais, certes, la bourgeoise salle à manger n'avait connu pareil rayonnement. Les feux de six becs papillons, figurant des bougies, groupés autour du manchon central, illuminaient superbement la pièce, se jouaient dans la grande glace, cascadaient sur le globe en coupole de la pendule de la cheminée, se poursuivaient d'un verre à l'autre jusqu'au grand carafon de simili-cristal taillé à facettes qui, le bedon plein d'eau, étincelait glorieux de sa lumière, à côté des bouteilles de vin, modestement sombres.

Dans les coins, généralement noyés d'ombre, les moindres objets étaient animés d'une vie nouvelle. L'aïeul souriait presque sur son vieux papier jauni des incongruités de plusieurs générations de mouches ; le rouge des géraniums éclatait comme une fanfare ; les souvenirs de Spa et d'Ostende s'attendrissaient, groupés autour de Jeanne, à six mois, s'exhibant avec candeur dans le simple appareil d'une chemise.

Enfin les plaques mordorées d'humidité n'apparaissaient presque pas sur le papier grenat et or du mur.

Mais ce qui brillait, éclatait de vie et d'entrain, c'était l'oncle Timoléon, la face rouge sur un cou d'apoplexie, les poils de la petite moustache retroussée frissonnant comme s'ils sentaient de la ripaille dans l'air.

Le menton sur la poitrine, le ventre sur les cuisses, les cuisses frôlant les mollets, assis sur les talons, l'oncle Timoléon parlait haut, d'une voix vibrante, où ce sacré accent bruxellois mettait comme un trémolo.

Il racontait son dernier bon tour de commerçant, la vente de sa maison, où il avait roulé l'acheteur dans les grands prix.

— Si on se mettait à table ? proposa Ursule.

— Ça, je ferais avec plaisir, car je meurs de faim !

On installa l'oncle au bout de la table, face à son frère, tandis qu'Ursule prenait place devant les enfants.

— Marie, apportez les huîtres !

— Si on commence par des huîtres, c'est un vrai festin qu'on va faire ici !

— Peuh ! dit modestement Joseph, un bon petit dîner de famille, avec quelques plats fins dont tu me donneras des nouvelles. J'en ai surveillé moi-même la confection.

— C'est vrai, ça, Ursule, que tu laisses trotter ton mari dans la cuisine ?

— Tu sais bien que quand il a une idée en tête, il ne l'a pas ailleurs. Il a bien fallu le laisser faire.

Marie apporta triomphalement le plat en question. C'étaient des coquilles soigneusement rangées, remplies jusqu'au bord de quelque chose de noirâtre.

Joseph Planquet annonça :

— Huîtres en coquille ! De véritables marennes.

Non sans inquiétude, l'oncle Timoléon examina la pâte en question, la remua avec sa fourchette.

— Cela n'a pas bel aspect, déclara Ursule, mais il paraît que c'est divin !

Encouragé par cette considération, Timoléon ouvrit la bouche, ferma les yeux. De petits cretons qui devaient être les huîtres s'écrasèrent comme des braises contre le palais, tandis que de gros morceaux de champignon, absolument crus, appelaient le haut-le-cœur. Héroïque, il avala tout.

Joseph Planquet avoua que les huîtres en coquille ne valaient pas leur réputation. Tout à coup il blêmit, car une conviction atroce se faisait en lui. On avait certainement rôti les huîtres au beurre, tandis que les champignons — Ursule avait obtenu que l'on se servît de morilles — avaient seulement passé quelques secondes à l'eau bouillante.

Mais ce fut bien autre chose lorsque le salmis de bécasse fit son apparition. Certes, il était magnifique, mais pourquoi, diable, le mitron improvisé s'était-il obstiné à le laisser faisander comme un vulgaire lièvre ? Avec la meilleure volonté du monde, nul ne put toucher à cette chair tuméfiée dans laquelle, pour comble d'infortune, Marie avait dû renverser la salière.

Hélas ! trois fois hélas ! le reste fut à l'avenant : les côtelettes de veau saignaient dans les assiettes, l' « anguille tartare » n'avait pas été vidée, le gigot braisé était cuit et recuit comme un vieux damné en retraite, la gelée au kirsch fleurait d'une lieue la colle de poisson. Bref, ce fut un désastre.

Affalé sur son siège, Joseph Planquet se labourait les

bosses du crâne de ses longs doigts crochus ; Ursule, qui avait gagné la cuisine, piquait une crise de nerfs ; Jeanne la suivait, armée d'un flacon d'eau de Cologne ; Paul grondait en vidant machinalement force Saint-Emilion. L'oncle protestait pour la forme :

— Voyons, soyez sérieux, hein ! On ne se fait pas de bile pour un malheureux dîner gâté. A-t-on jamais vu !

On fit son deuil du pantagruélique repas, et le vin rendant un peu de belle humeur, la soirée se passa assez gaiement autour du feu. Cependant, lorsque l'oncle Timoléon gagna sa chambre, précédé de sa belle-sœur, un bougeoir à la main, il ne put s'empêcher de murmurer *in petto* :

— Si tout de même j'avais su « ça », j'aurais mangé un beefsteak et une « frite » avant de venir.

. . . .

Le lendemain matin, Ursule, revenue à de plus sages principes culinaires, tâchait d'effacer la fâcheuse impression du souper en mettant tous ses soins à la confection d'une large et épaisse omelette au lard.

D'ailleurs, elle n'avait pas approuvé tout de go les ambitieux projets de son époux. Celui-ci était revenu si habilement à charge, avait promis un tel succès aux recettes de la *Cuisine Bourgeoise*, qu'elle s'était laissé séduire, elle aussi, par les huîtres en coquille, l'anguille tartare et toutes ces horreurs. Après ce seau d'eau froide jeté sur ses espoirs, elle n'avait plus envie du tout de s'en rapporter au fameux livre.

Aussi l'omelette au lard fut-elle appétissante et dorée autant qu'omelette au lard peut l'être.

Joseph Planquet avait gagné les profondeurs de son officine quand Timoléon apparut, la mine fleurie, l'œil vif et la lèvre souriante comme s'il s'était endormi sur un festin de roi...

Ses dernières méfiances, s'il en conservait encore, le brave oncle, s'éteignirent devant l'omelette flanquée de petits pains frais et d'un café chaud qui ne fleurait pas la chicorée.

Il mangea de fort bon appétit, caressant de temps à autre sa lippe d'une langue gourmande. Il ne pouvait s'empêcher de penser à la soirée précédente, à l'hécatombe culinaire, au désespoir navrant de son frère, à la colère de sa belle-sœur. Au fond, tout cela le flattait assez, car c'est en son honneur que l'on avait bouleversé ainsi les bourgeoises habitudes de la maison.

L'omelette avalée, Timoléon voulut rejoindre son frère. Comme il ouvrait sans crier gare la porte du petit laboratoire où se tenait d'ordinaire le pharmacien, un spectacle pour le moins inattendu s'offrit à sa vue. Son frère, Joseph Planquet, pharmacien au *Pont des Arches*, inventeur des fameuses « pilules purgatives pour pigeons », passait des fioles à un grand escogriffe roux qui, plié en deux, le nez dans un mortier de porcelaine, triturait un onguent.

En voyant surgir son frère, le pharmacien laissa tomber un bocal qui s'écrasa sur le carreau, répandant un nuage de poudre blanche. Joseph Planquet voulut se baisser, puis, se ravisant, il donna l'ordre au grand escogriffe roux de ramasser les morceaux, tandis qu'il entraînait son frère dans l'officine.

— Un petit incident de rien du tout. Un peu de magnésie répandue, ce n'est pas le diable. Comme tu as pu voir, je fais préparer certaines drogues par Hercule.

Ainsi, si je tombais subitement malade, il pourrait me remplacer durant quelques jours.

— Un brave garçon, m'as-tu dit, cet Hercule Per..., Ver...

— Herbion.

— C'est cela. Intelligent, sans doute ?

— Peuh ! Il me seconde assez bien. En tout cas, il est très dévoué. Voilà bientôt quinze ans qu'il est entré ici. Quinze ans, cela compte, et l'on finit par le considérer comme de la famille.

Dans son arrière-boutique, Hercule, tout en maugréant, ramassait les débris du bocal.

— Toujours bien lui, le patron. Il ne peut pas laisser voir qu'il ne sait plus rien faire lui-même. Ah ! si ce n'était pas que je conserve l'espoir qu'un jour Jeanne, mademoiselle... Mais suffit. C'est vexant tout de même de faire le travail et de passer pour un imbécile qui ne sait que servir du jujube et de la gomme arabique. C'est comme les pilules pour pigeons ! Je voudrais bien savoir comment il aurait trouvé cela, le vieux, qui ne se sort même plus de la confection d'un sirop pour la toux. Si encore Jeanne s'humanisait...

Tout en roulant ses pensées dans sa longue caboche éclairée d'yeux bleus à fleur de peau, surmontant un nez long d'une aune, l' « aide » du pharmacien Planquet avait repris philosophiquement son pilon.

Dans le magasin, Joseph Planquet donnait des détails sur la façon dont, après de longs travaux, il avait découvert ses fameuses pilules purgatives. L'oncle Timoléon était de quelques années plus jeune que son frère. Il avait tôt quitté le collège où il ne décrochait jamais que des pensums, pour se lancer dans le commerce, à Bruxelles. Durant trente ans, on ne l'avait revu qu'à de rares occasions, entre deux trains, toujours pressé par quelque grosse affaire à mener à bien.

Frisant maintenant la cinquantaine, il songeait à passer le reste de ses jours à Liège, dans sa vieille maison natale.

Joseph et Ursule avaient vu ce retour avec plaisir ; ils montraient une grande déférence pour ce Timoléon qui était un homme d'affaires, et dont les enfants hériteraient sans doute un jour.

La vie s'organisa bientôt sur ce pied ; l'oncle occupait les deux plus belles chambres de la maison, au premier étage. On ne le voyait qu'aux heures des repas. Depuis qu'il avait quitté le commerce, Timoléon pouvait réaliser enfin le rêve caressé durant tant d'années : vivre de longues heures dans la tiède atmosphère d'un petit café bien tranquille. On ne peut pas dire qu'il était un ivrogne, loin de là. Il aimait le « café » pour lui-même, pour ses petites tables de marbre blanc, pour l'empressement des garçons, la conversation avec les habitués. Ainsi, le matin, il allait prendre l'apéritif au *Bodega* où il rencontrait quelques vieux rentiers très aimables. L'après-midi, il faisait sa partie de billard ; enfin, il passait la soirée en d'interminables parties de piquet avec trois vieux adjudants qui consentaient à ne pas trop se moquer de son titre de lieutenant de la garde civique.

C'était une vie douce, sans heurt, réglée comme une partition de musique, et qui avait l'avantage d'ajouter tous les jours à l'embonpoint du brave homme.

Si parfois, le soir, il était un peu ému par les bocks, les vermouths, les portos et les « gouttes » ingurgités, il n'en était que plus jovial, et il lui arriva même de pincer galamment le menton de sa belle-sœur.

Chapitre III

De la conjugaison du verbe « aimer »

Ce matin-là, Paul Planquet s'éveilla, le nez doucement chatouillé par un rayon de soleil qui se glissait
entre les glands du store écru. Il bâilla, non parce qu'il
en éprouvait le besoin, mais parce que, depuis sa plus
tendre enfance, il commençait invariablement la journée par cette grimace qu'il prolongeait à plaisir, l'ac-
compagnant d'une voluptueuse tension des nerfs des
jambes et des bras. Il s'étira donc, les yeux mi-clos, en
veillant bien à ce que toutes les parties du corps
restassent dans l'atmosphère molle et tiède du dessous
des couvertures rouges. Après s'être tourné et retourné,
couché sur le dos, sur le ventre, recroquevillé en boule,
il s'éveilla tout à fait.

Il se trouva bientôt debout sur la descente de lit en
simili-ours qui, de toute éternité, perdait ses poils. Ses
jambes, sans mollets, émergeaient de sa chemise
comme, à l'entracte, les pieds des acteurs apparaissent
sous le rideau mal baissé. Il régnait un froid sec, qu'un
ironique rayon de soleil plat et jaune comme le fond
d'une casserole de cuivre ne faisait même pas semblant
de combattre. Cependant, Paul Planquet ne se pressait

pas. Il commença par se contempler gravement, en chemise, dans la glace de la garde-robe. Puis, toujours face au miroir, il enfila ses chaussettes, son pantalon. Après s'être débarbouillé et peigné, il revint encore se planter devant la garde-robe, interrogeant toujours le miroir.

Un peu grand, un tantinet trop maigre et passablement déhanché, il n'était pas tout à fait vilain de figure. Ses longs cheveux sombres rachetaient le manque d'expression des yeux incolores ; des dents bien rangées et blanches faisaient passer inaperçue la dimension plus que moyenne de la bouche. Enfin, un nez retroussé donnait à l'ensemble un petit air gentiment impertinent. Paul voyait tout cela et constatait que son physique méritait mieux que la vie monotone qu'il menait. A part les « jours de théâtre », il passait ses soirées à la maison, entre sa sœur qui lisait, sa mère qui ravaudait et son père qui suçait le bout d'ambre de sa pipe avec la solennité d'un Hindou qui se contemple le nombril.

Le lundi, on recevait la famille Dujardin : un vieux commerçant et ses trois filles âgées respectivement de seize, vingt-deux et vingt-cinq ans.

Tandis que les parents taillaient un whist en compagnie de l'oncle, il causait avec les demoiselles, ou bien on jouait aux « petits jeux innocents ».

C'était réglé comme les journées de Timoléon. Deux ou trois fois, Paul était condamné à embrasser à la ronde ces demoiselles qui poussaient des cris effarouchés en piquant un soleil ; on se posait des questions dites « embarrassantes », on levait le doigt au commandement, que sais-je encore ? Ces distractions commençaient à ne plus répondre aux aspirations du jeune homme. Si Paul menait une vie ordinairement rangée, il ne faut pas croire qu'il n'eût pas eu, lui aussi, ses petites aventures amoureuses. Il comptait même à son actif plusieurs amourettes, un flirt avec l'aînée des Dujardin et une idylle lamartinienne. Jamais cependant il n'avait eu une maîtresse, mais là, une vraie maîtresse que l'on voit fréquemment, que l'on affiche au music-hall et de qui l'on dit négligemment dans la conversation : ma femme.

Or, cela, c'était le comble de ses rêves amoureux. Depuis deux ans, il attendait l'occasion, mais jamais encore il n'avait osé la provoquer, y mettre trop du sien.

Ce matin-là, en se contemplant dans la glace, il se jura qu'avant peu il aurait une maîtresse, et pour ne pas laisser faiblir cette virile résolution, il se promit bien de tenter la chance le soir même. Bientôt, en son esprit, ce fut une affaire faite, et lorsqu'il descendit déjeuner, il lui semblait qu'il était déjà un autre homme, un type dans le genre de son ami Jean Bié qui avait des relations suivies avec une danseuse.

Un détail venait bien parfois le refroidir quelque peu. Il n'avait guère d'argent. En tout et pour tout, il recevait un billet de vingt francs chaque samedi ! Qu'est-ce cela, je vous le demande, lorsqu'on est bien décidé à mener la grande vie ! Mais Paul ne s'embarrassa pas longtemps de ces pensées sombres. On verrait bien si un joli garçon n'aurait pas raison d'aussi mesquines questions de détail ! Après le souper, — il venait de recevoir ses vingt francs hebdomadaires, — il monta à sa chambre, et, tout de suite, sentit battre un sang plus chaud dans ses veines. Rapidement il se dévêtit, se lava des pieds à la tête, choisit une belle chemise à pois bleus, des chaussettes jaune canari, décrocha son costume des dimanches, se bichonna et descendit bientôt, brillant comme un sou neuf avec, dans son for intérieur, la conviction que ces préparatifs n'étaient pas faits en pure perte.

Il annonça qu'il passait la soirée avec des amis et sortit, le cœur léger, un peu inquiet cependant, d'une inquiétude vague et indéfinie.

Au « Carré », il lorgnait les femmes qui passaient, se retournait pour regarder les jambes « en connaisseur ». Il entra au music-hall, fit lentement le tour des rangées de tables. Dans un coin, une dame seule suçait la paille d'un sirop de groseille. A tout hasard, Paul s'installa à côté, après avoir demandé en rougissant si la place était libre. Ayant commandé un bock, il commença à détailler sa voisine. Elle était assez jolie, vêtue d'un costume tailleur brun pas tapageur, d'un petit chapeau rouge et d'une fourrure négligemment jetée sur les épaules. Il s'ingénia à deviner à quel genre de femme appartenait sa voisine.

D'abord, il pencha pour la femme honnête attendant là son mari ou son père. Cependant, il s'aperçut bientôt qu'une légère ligne de khol soulignait les yeux et que le rouge des lèvres pourrait bien n'être pas naturel. Il ne put néanmoins s'arrêter à la pensée qu'il était en face d'une vulgaire grue. Puis, ses pensées prenant un autre cours, il songea à lier conversation. Les procédés communs lui semblaient follement audacieux.

Enfin, après un quart d'heure, il eut une inspiration. Il tira une cigarette de sa poche et, après en avoir tapoté les deux bouts sur l'étui, l'alluma.

Il était rouge.

— Pardon, mademoiselle, la fumée ne vous incommode-t-elle pas ?

— Oh ! pas du tout, monsieur.

— Un peu, j'en suis sûr, n'est-il pas vrai ?

D'un geste dégagé, Paul laissa tomber la cigarette qu'il écrasa sous le pied.

— Vraiment, vous êtes trop aimable !

— Saurait-on l'être assez pour une jolie femme ?

Les choses allaient très bien. Le jeune homme se sentait d'aplomb. Il osa offrir un verre, qui fut accepté, et soutint la conversation sur la chaleur de l'endroit, la bille de billard du garçon, le cinéma, la pluie de la veille. Il fut presque brillant causeur !

Mais le spectacle touchait à sa fin. Paul demanda la permission d'accompagner la dame.

— Avec plaisir.

— Où allez-vous ?

— Mais... où vous voulez !

Il n'avait pas songé à cela. Où aller ?

— Cela m'est absolument égal, assura-t-elle.

— Si nous allions prendre un verre... au *Maxim* ?

— Avec plaisir.

Paul n'avait jamais été au *Maxim*. Il en avait entendu parler souvent, avec des sourires entendus, mais il n'avait pas une seule fois osé franchir seul la lourde porte aux carreaux dépolis, derrière laquelle il devinait les violons énervés, l'atmosphère grisante, les toilettes excitantes...

Dans la rue, il proposa son bras, et, contre son attente, la dame y passa le sien sans se faire prier. Aussi ne fut-ce pas sans fierté qu'il traversa les rues, passant de préférence devant les cafés brillamment éclairés. Son bonheur fut plus grand qu'il l'espérait, car il rencontra un ami qui lui adressa un clin d'œil où il y avait bien des choses.

On s'installa à une petite table du bar, Paul un peu désarçonné par l'ambiance, la petite femme tout à fait à l'aise.

En face d'un « Porto Maison », l'héritier des Planquet osa faire dévier la conversation. De plus en plus troublé, il demanda :

— Est-ce que vous vous croyez capable... non pas d'aimer, mais d'avoir... un béguin sérieux ?

— Pourquoi pas ?

— Vraiment, vous pensez ?

— Il me semble. Mais pourquoi me demandez-vous cela ?

— Parce que... parce que moi, il me semble que j'en ai un grand pour vous. Cela ne vous déplaît pas trop ?

— Pas du tout !

— Alors ?... Si l'on essayait ? Ce serait si gentil...

— Je ne dis pas non, vous me plaisez beaucoup, mon petit...

Paul fut flatté de cette appellation familière. Cependant, elle le choqua un peu, un tout petit peu.

La conversation continua. Il sut que la dame s'appelait Julia, devina qu'elle était « entretenue » ; elle connut bientôt toute la famille, les demoiselles Dujardin, l'oncle Timoléon, les pilules purgatives pour pigeons...

A minuit, on quitta le *Maxim* où l'addition ne s'était heureusement montée qu'à douze francs, et l'on se trouva dans le froid de la rue déserte.

— Et maintenant, que faisons-nous ? demanda-t-elle.

— Bah ! Si... nous rentrions...

— Je dois vous avouer que je n'habite pas la ville. D'ordinaire, je loge chez mes parents, à la campagne.

— Si nous allions à l'hôtel ?...

— Cela va !

Paul réfléchit profondément sur le choix de l'hôtel. Elle mit fin à son embarras :

— Au *Charlemagne*, par exemple ?

Bigre, le *Charlemagne* était un des hôtels les plus chics de la ville, et probablement un des plus chers !

Paul sentit le moment solennel. Comme César au bord du Rubicon, il vit, d'un côté, sa petite vie rangée, son budget toujours équilibré, les jeux innocents du lundi avec, de temps à autre, la fugue qui le menait au modeste temple de Vénus. De l'autre, il s'imaginait des mondes de délices, de chaudes nuitées d'amour, une luxueuse maîtresse, mais pressentait une dèche perpétuelle, les expédients...

Pour grave qu'elle fût, cette minute fut courte.

— Allons-y ! s'écria gaiement notre jeune homme.

Et il entraîna la délicieuse Julia — Lia dans l'intimité — vers les grands escaliers de marbre blanc du *Charlemagne*. Le portier en casquette galonnée somnolait au fond de sa loge.

Paul s'approcha :

— Pardon, monsieur ; puis-je avoir une chambre, s'il vous plaît ?

— Pour deux personnes ?

— Oui !

L'homme examina un tableau stratégique strié de coups de crayon bleu.

— Le 32. C'est vingt francs, payés d'avance.

Paul sentit le sang affluer à ses joues ; sa tête bourdonna comme s'il se fût trouvé dans les cloches de la cathédrale quand on sonne le glas.

Vingt francs ! exactement la somme qu'il possédait en quittant la maison paternelle. Vingt francs ! mais c'est à peine si, en retournant toutes ses poches, il eût pu réunir quatre francs cinquante, y compris la monnaie de billon.

Fort heureusement, sa conquête se promenait de long en large dans le porche. Il se pencha, et tout près, la tête dans le guichet, demanda, la voix suppliante malgré lui :

— Si vous le permettez, je règlerai en descendant. Je sors dans une heure ou deux.

L'homme cligna de l'œil et hocha aimablement de la tête.

— Comme vous voulez. Seulement, vous savez que

vous devez présenter votre carte d'identité pour le livre des voyageurs.

Paul y passa ; il eût passé sous mille fourches caudines pour arriver dans cette bienheureuse chambre, tour à tour si lointaine et si proche.

. . . .

Deux heures après, posant avec précaution le pied sur le moelleux tapis rouge, il descendait les escaliers de l'hôtel. Il fallait absolument qu'il rentrât au *Pont des Arches,* car sa mère ne supporterait pas qu'il découchât.

Il arriva devant la terrible loge, où le cerbère veillait.

Paul s'arma de tout son courage, et, bien décidé à vider d'un trait le calice jusqu'à la lie, s'avança :

— Ecoutez, monsieur, je vous demanderai la permission de venir vous payer ma chambre demain matin. Je n'ai plus d'argent sur moi, mais je vous laisserai ma montre... vous comprenez...

Le cerbère sourit, comme un homme qui en a vu bien d'autres, prit la montre en or qu'on lui tendait — la montre de sa première communion — et sourit encore en murmurant un vague « très bien ». Et Paul partit par les rues froides, sombres, absolument désertes. Seuls,

135

des ouvriers travaillaient à réparer un fil de trolley. Lorsqu'il passa, l'un d'eux murmura :

— Encore un fils à papa ! Un veinard de noceur.

Et Paul s'en fut, fredonnant avec énergie pour se persuader qu'il était le plus heureux des mortels !

Chapitre IV

Où il est parlé des petits inconvénients
qu'une maîtresse peut entraîner

Le lendemain, qui était un dimanche, Paul resta une bonne demi-heure assis sur son lit, sans songer à profiter de la tiédeur des couvertures. Il avait bien autre chose à faire que s'occuper de ces vétilles. Voilà maintenant qu'il avait des dettes, de véritables dettes sur le dos, comme les héros de Paul de Kock et d'Alphonse Allais. Si cela rendait notre jeune homme intéressant à ses propres yeux, cela ne l'empêchait pas d'être sérieusement embarrassé. Il avait grande hâte d'aller payer les vingt francs au portier, plus grande hâte encore que d'aller revoir la séduisante Lia. Que pouvait-il bien tout de même penser de lui, ce diable de concierge amidonné, au sourire énigmatique ? Bah ! que lui importait, au fond, l'opinion d'un vulgaire domestique !

N'empêche qu'il fallait au plus tôt décrocher un billet de vingt francs, flanqué de quelques autres billets pour les menus frais, mettons quarante francs.

Une pareille nuit valait bien un petit mensonge, que diable ! surtout qu'il y avait bien des chances qu'elle fut suivie de beaucoup d'autres semblables. On ne peut

pourtant pas avoir une maîtresse sans bourse délier !
Sur ces consolantes réflexions, Paul se leva, et, pour être
de belle humeur, se força à songer aux délices de la nuit.

Lorsqu'il descendit, on se mettait à table pour le
déjeuner. Le verbe sonore, le rire gras, l'oncle Timoléon détaillait le contenu des quatre grands paniers de
vins — sa bonne vieille cave, comme il disait — qu'il
avait voulu se faire expédier à Liège. Tout en parlant, sa
lippe se faisait plus gourmande que jamais, et ses yeux
avaient des reflets dorés...

Avec force gestes, il expliquait la façon dont il
rangerait les divers crus dans les loges, promettait une
bouteille de Romanée 1900 pour la fête de son frère,
quelques bonnes lampées de vieux Nuits à la Noël.

A l'entrée de Paul, la conversation fut interrompue !

— Eh bien, espèce de vaurien ! à quelle heure est-on
rentré hier soir ? demanda Joseph Planquet d'un ton
mi-sérieux, mi-rieur.

— Euh !...

— Je suis sûre qu'il était passé minuit, affirma
Ursule, qui remplissait les tasses de café.

Paul l'eût bien embrassée pour cette phrase qui lui
permettait, pour ses débuts, de ne pas mentir trop
effrontément.

— Pas de beaucoup, je t'assure !

— Et qu'as-tu bien pu faire aussi tard dans les rues ?

— On est allé au music-hall, puis on a pris un verre
au café. Il est si vite minuit quand on s'amuse bien.

L'incident fut clos, ce qui permit à Timoléon de
continuer par le détail l'inventaire de sa cave.

Après le déjeuner, Paul profita d'un instant où son
père se trouvait seul dans la salle à manger pour lui

demander quarante francs destinés, dit-il, à l'achat de deux ou trois livres dont il avait besoin.

— Quarante francs ! Bon Dieu, que tout cela coûte aujourd'hui. De mon temps, on avait presque une bibliothèque pour une telle somme. Pense donc le nombre de boîtes de pilules purgatives pour pigeons que je dois vendre pour payer quelques bouquins !

Sur cette complainte, papa Planquet mit la main à son portefeuille et tendit à son héritier présomptif deux belles coupures neuves.

— Et surtout, ne te laisse pas rouler ! Les bouquinistes sont malins !

Paul n'entendit pas plus long. Il fut dans la rue en un clin d'œil. Après avoir acheté un paquet de cigarettes pour faire de la monnaie, il courut plutôt qu'il ne marcha vers le *Charlemagne*. Il pouvait être dix heures. Lia l'avait prévenu qu'elle restait au lit jusqu'à midi.

Un peu essoufflé, il monta les escaliers de marbre qui lui semblaient déjà familiers, arriva au guichet :

— Je vous apporte vos vingt francs et vous remercie de votre obligeance. Hier, j'avais oublié de me munir d'une somme d'argent suffisante. Vous comprenez... On dépense... et puis...

Toujours souriant et impénétrable, le concierge remit la montre et salua. Paul grimpait déjà les escaliers.

Il passa une demi-heure en compagnie de Lia, qui lui fixa rendez-vous pour le lendemain, à huit heures, dans un café du centre.

Souriant, exultant, Paul s'en fut faire sa balade hebdomadaire rue du Pont-d'Avroy. Il regardait les passants avec la perpétuelle envie de leur dire :

— Vous savez, tel que vous me voyez, je ne suis pas

un gosse, un petit blanc-bec ignare ! J'ai une maîtresse, moi, une femme qui porte des bas de soie et une fourrure de cinq cents francs ! Je la quitte à l'instant.

Après qu'il eut déambulé un quart d'heure, il rencontra enfin un copain de l'Université à qui il put confier sa bonne fortune.

— Et tu sais, une femme épatante ! Quelque chose de « chic », qui a pour moi un béguin fou. Si tu voyais cela !

Il donnait même, à mi-voix, des détails plus intimes, parlait du *Charlemagne* en vieil habitué, et du *Maxim* en viveur désabusé.

A midi et demi, il réapparaissait au *Pont des Arches*, grisé, beaucoup plus par tout ce qu'il avait raconté que par ce qui lui était réellement arrivé. L'après-dîner s'annonçait monotone. L'oncle partit de bonne heure au café ; Ursule était à la cuisine, Marie ayant un dimanche « libre » tous les quinze jours ; Joseph tripotait dans les tiroirs de l'officine.

Enfin, Jeanne lisait le *Mariage de Chiffon* dans un coin de la salle à manger. Force fut à Paul de rester à la maison afin de ménager son budget. Dieu sait pourtant si son exubérance momentanée lui rendait ce séjour peu agréable. Il trépidait, allant et venant par les pièces, remuant une chaise par-ci, un fauteuil par-là.

Si encore les demoiselles Dujardin étaient là, on pourrait causer, rire, tuer le temps, enfin. Mais rien, absolument rien pour aider à passer les heures ! Et puis, surtout, Paul se sentait un besoin irrésistible de parler de sa conquête, de raconter son aventure. C'est à peine si, le matin, il avait pu en entretenir deux amis qui, par jalousie certainement, ne faisaient pas mine de prendre

la chose au sérieux. Il ne pouvait cependant pas aller
conter la chose à son père !

Toujours est-il que Paul trouva moyen, par des
demi-mots, des sourires et des airs entendus, de faire
deviner à sa sœur qu'il avait une maîtresse. Que dis-je,
deviner ! Bientôt elle sut le nom de la demoiselle, le prix
approximatif de sa fourrure, la teinte de sa robe, le prix
des chambres au *Charlemagne*. Au fond, Jeanne n'était
plus une jeune fille, je veux dire une jeune fille devant
laquelle on ne peut parler de certaines choses. A vingt-
sept ans, on sait ce que c'est qu'une maîtresse ; un frère
peut bien, sans indécence, prendre pour confidente une
sœur de cet âge !

D'ailleurs, ce fut pour Jeanne l'occasion de faire
preuve d'amour fraternel en s'intéressant vivement aux
moindres détails de l'aventure, c'est-à-dire des détails
qu'une sœur peut connaître. Son amour fraternel n'alla
pas, il est vrai, jusqu'à cacher son mépris pour les grues,

qui n'ont pas droit au nom de femmes ; des êtres presque toujours vilains, qui n'ont pour eux que la poudre, le fard et les toilettes !

Paul souriait de cette belle indignation, poussait des « Oh ! tu vas trop loin » ou bien « tu exagères » amusés, protestait avec un grand sérieux : « Ma femme n'est pas une grue », ou encore : « Je t'assure que ma maîtresse est très jolie. »

Lorsque le pas d'Ursule retentit dans l'escalier, la conversation prit fin sur la promesse formelle, faite par Jeanne, de garder le silence le plus absolu sur les confidences de son frère.

Paul n'en demandait pas tant ; il ne lui aurait pas été désagréable, par exemple, que les petites Dujardin apprissent qu'il avait une maîtresse. L'oncle Timoléon lui-même, qui avait dû être un fameux luron, ne verrait pas d'un mauvais œil… Mais de ce côté, il fallait plus de prudence. D'ailleurs, l'affaire était en bonnes mains, ou plutôt en bonne bouche.

Paul Planquet avait encore huit jours avant sa rentrée à l'Université. Il en profita, le lendemain, pour faire la grasse matinée, afin d'être bien dispos le soir. L'après-dîner, en cherchant bien, il découvrit quelques bouquins de l'année précédente qu'il revendit « en bloc » une vingtaine de francs. Avec les quinze francs qui lui restaient, cela faisait trente-cinq francs. Cette fois, du moins, il n'aurait plus le même ennui que le samedi précédent ! A sept heures, ayant terminé une toilette fort soignée — une chemise à petits carreaux verts et des chaussettes bleues, cette fois — il quitta la maison avec l'ennui de ne savoir où passer l'heure qui le séparait encore de son rendez-vous. Après s'être promené une dizaine de minutes sur les trottoirs, avoir fait l'inventaire de quelques étalages, il se décida à faire le tour de la ville « en tram 4 », ce qui, pour quatre sous qu'elle coûte, est une distraction fort honnête et fort agréable.

A sept heures quarante, Paul était à nouveau place du Théâtre, d'où, jugeant l'heure convenable, il se rendit au café. A sa surprise, il y trouva le chapeau rouge et le costume brun penchés sur le marbre d'une table où Lia était occupée à écrire une lettre.

Il s'approcha sans bruit, puis, tout à coup :

— Bonjour, Lia !

Lia eut un sursaut et, le reconnaissant, s'empressa de cacher les trois lignes d'écriture qui marbraient le papier à lettre.

— Ah ! c'est toi. Je t'avais dit à huit heures.

— Je m'ennuyais en ville. Je suis arrivé un peu plus tôt. J'ai mal fait ?

— Mais non. Seulement, tu permets que je termine cette lettre. C'est pour ma sœur...

— A ton aise, je t'en prie !

Lia ne se le fit pas répéter. Elle s'écarta sans façon et péniblement, à grands jambages maladroits, continua la lettre « pour ma sœur », ce qui n'empêcha pas le jeune Planquet de remarquer que cette sœur s'appelait « mon gros loup chéri ».

Il fit mine de n'avoir rien vu, et s'embarqua dans une longue série de raisonnements qui avaient pour fin dernière de lui prouver à lui-même qu'avec les petites femmes, la jalousie n'est pas de mise ; il se convainquit mal, mais caressa néanmoins un prudent silence sur les patronymes de cette sœur équivoque.

Enfin, la lettre fut pliée, mise sous enveloppe et enfermée dans la petite sacoche de cuir jaune où gisaient une boîte à poudre, des gants, des clefs, un mignon mouchoir de poche, deux vieilles lettres et quelques coupures d'un et de cinq francs, le tout pêle-mêle dans une touchante fraternité.

Alors seulement Paul, qui commençait à la trouver mauvaise, osa risquer :

— Eh bien, que faisons-nous ?

— Ah ! voilà ! Ecoute, mon chéri, je ne puis absolument pas rester avec toi ce soir !

— Hein ? eut-il la force de prononcer d'une voix blanche.

— Mais oui, ne te fâche pas. Il faut que je retourne à la maison.

— Alors...

— Alors, on se verra demain, voilà tout.

— Demain ! Et moi qui... non, ce n'est pas possible. Mais au fait, est-ce bien vrai que tu retournes chez toi ?

— Puisque je te le dis.

— Franchement !

— Eh bien, non, là ! J'aime mieux t'avouer la vérité. Tu dois bien avoir deviné que j'ai un ami sérieux, pas un béguin, quoi ! Il habite Bruxelles et vient me voir deux ou trois fois par semaine. J'ai reçu tantôt un télégramme, voilà !

Paul ne put que soupirer. Il comprenait qu'il n'avait rien à dire, qu'il devait céder la place à l'autre, l'ami sérieux, le bailleur de fonds.

— Dis, ma chérie, est-ce que tu l'aimes ?

— Mais non, grosse bête ! Moi, l'aimer ! tu en as de bonnes !

144

— Et moi ?

— Mais oui, que je t'aime ; tu le sais bien.

— Alors, à demain, bien sûr ?

— Ici, à la même heure.

— Bonsoir, Lia.

— Bonsoir, mon coq.

Dans la rue, au milieu de l'animation, du mouvement, Paul ne put s'empêcher de comparer sa rentrée à celle de l'avant-veille, alors que la ville était déserte. Il songea qu'il avait été bien heureux et son chagrin s'en accrut. Cependant, le jeune homme se consola un peu à l'idée qu'il était l'amant de cœur d'une femme entretenue, car, en fait, il était l'amant de cœur de Lia, et il faisait porter des cornes à l'autre, le bailleur de fonds. A cette pensée, Paul ne put s'empêcher de sourire ; il avait même envie de rire tout seul, au milieu de la rue.

Il se promena encore une heure durant, afin de ne rentrer à la maison qu'après que tout le monde serait couché, c'est-à-dire vers onze heures.

Ses idées n'étaient pas certes toutes couleur de rose. Lorsqu'il pensait qu'à cette heure Lia se trouvait en compagnie de l'autre... il serrait les dents, et plus d'une fois il refoula une larme.

Enfin il rentra au *Pont des Arches*, monta à sa chambre, très doucement pour ne pas éveiller ses parents.

Seul, dans l'obscurité rendue plus lugubre par les rayons jaunes et tremblants d'une bougie, il pensa tout à coup qu'à cette heure, à cette minute, elle se trouvait peut-être au *Charlemagne* avec l'autre et... A cette pensée, Paul sentit quelque chose qui étreignait sa gorge. Il ne songea plus à la vanité de promener une femme « chic », au plaisir de parler de sa maîtresse, d'éblouir ses amis ; il oublia tout cela, ne pensa qu'à elle, à ce petit être chéri qui à cette minute...

N'y pouvant tenir, il se coucha de tout son long sur le lit, et la tête dans l'oreiller, le pauvre gosse se mit à pleurer à chaudes larmes ; de gros sanglots, durs et amers, secouaient son grand corps maigre qui paraissait plus long encore.

Ah ! non, qu'il n'était pas fait pour « la noce », le pauvre garçon, qui avait mis toute sa fougue, toute sa jeunesse, toute son âme dans cette première aventure, en souriant, presque sans le savoir. Pour l'instant, il aimait pleinement, sincèrement, cette petite Lia, cette première maîtresse que, dans ses rêves, il possédait depuis si longtemps. Il l'aimait comme il eût aimé toute autre femme, la première venue, parce qu'il avait besoin de s'émouvoir, d'aimer, de souffrir même.

Et voilà que maintenant...

Paul pleura longtemps, un gros quart d'heure pour le moins ; puis, comme il se sentait fatigué et qu'après tout les larmes se tarissent, il se consola en pensant que le lendemain il la posséderait à nouveau et que c'était lui, lui seul, qu'elle aimait.

Et bientôt l'enfant s'endormit, les lèvres entrouvertes par un léger sourire.

Chapitre V

De l'argent et des liaisons sentimentales

Le lendemain, Paul passa la soirée au cirque en compagnie de Lia, qui fut gentille à souhait. Installé au fond d'une loge, il se penchait continuellement vers elle pour lui faire part d'une réflexion quelconque, banale, ou amusante.

Comme un chien arrosait gravement le chapeau de l'inévitable clown, il eut un mouvement de gêne. Sa compagne riait de si bon cœur, et avec de tels hoquets de joie, qu'une bonne moitié de la salle avait les yeux tournés de son côté. A part cet incident, ce fut une agréable soirée, durant laquelle Paul ne fut pas trop pressé de rentrer au *Charlemagne*.

Sous prétexte de hâte amoureuse, mais au fond pour une raison budgétaire plus profonde, le jeune homme obtint qu'on allât se coucher aussitôt après le spectacle. Lia se fit bien un peu prier, mais finit par accepter cette proposition. Chemin faisant, elle fit part à son bouillant amoureux d'une nouvelle résolution.

— Je vais habiter continuellement Liège. Dès demain, je me mettrai à la recherche d'une jolie petite chambre, gentiment garnie. Ce sera délicieux !

Au moment même, Paul ne dit mot, mais il réfléchit profondément, ou plutôt se donna l'air, devant lui-même, d'avoir des hésitations. Enfin, il se décida :

— Lia, demain je te ferai peut-être une surprise !

— Laquelle, dis ?

— Puisque c'est une surprise, je ne puis rien dévoiler d'avance.

— Dis-le quand même, mon chéri !

— Non. Demain, tu verras toi-même.

— Je t'en prie, dis-le-moi.

Il parvint à résister trois minutes durant, avec la certitude qu'il finirait par céder aux instances de Lia. Enfin, prenant un air solennel, il déclara :

— Eh bien, madame, puisque vous le voulez, j'ai l'honneur de vous annoncer que demain soir j'aurai probablement le plaisir de vous conduire chez vous !

— Oh ! que ce serait gentil ! Tu ferais cela, dis ! Ce n'est pas une blague ?

— Mais non, c'est très sérieux !

— Que je t'aime, mon coq !

Sans la moindre timidité, Paul aborda le majestueux portier de l'hôtel et réclama une chambre, tout en allongeant d'un air négligent un billet de vingt francs, flanqué de deux francs de pourboire.

Il sortit très tard du *Charlemagne*, rentra au *Pont des Arches* comme le jour allait commencer à poindre et s'endormit aussitôt, remettant au lendemain toute préoccupation.

Car cette fois, il avait bel et bien de sérieuses préoccupations. Il avait promis de trouver une chambre pour le lendemain, et, naturellement, il s'agisssait de payer cette chambre.

Bref, il lui fallait sur-le-champ un gros billet de cent francs, ni plus ni moins, s'il voulait continuer sa liaison. Pas un instant, Paul ne pensa à la possibilité de rompre, pas plus qu'à celle de se présenter le lendemain sans la chambre. Il avait promis, il tiendrait parole. De quelle manière ? C'est à quoi il se mit à songer dès le mercredi matin.

Il pensa tout d'abord au mont-de-piété, secours habituel de bon nombre de ses camarades de l'*Alma Mater*. On lui donnerait à coup sûr septante à quatre-vingts francs de sa montre en or. Il pensa aussi à demander un prêt à l'oncle Timoléon, en lui racontant une histoire quelconque. Mais ces divers procédés lui répugnaient d'instinct.

Un troisième lui plut davantage, d'autant plus qu'il lui permettait en même temps de passer la nuit entière avec Lia, ce qui était le summum de ses désirs amoureux.

Il s'agissait d'obtenir de ses parents la permission d'aller passer deux jours à Anvers en compagnie de deux amis, et par là même l'argent nécessaire pour subvenir aux frais du voyage.

Il se mit aussitôt en campagne, prenant tour à tour son père et sa mère à part, se faisant tendre, caressant... Le mensonge, qui jusqu'alors lui avait répugné, devenait à ses yeux chose naturelle en pareille occurrence. Il s'étonna lui-même de son aplomb et de l'adresse avec laquelle il joua son rôle. Toujours est-il qu'une heure après le déjeuner, la partie était gagnée. Paul Planquet partirait au train d'une heure quarante-sept !

Aussitôt commença une autre campagne, une autre chasse, plus longue, plus pénible celle-ci. Paul parcourut d'abord le quartier où se louaient d'ordinaire les garnis pour étudiants. Il en visita trois ou quatre, mais tous étaient dans la note la plus banale, avec l'inévitable papier rose ou bleu fané, la table au tapis élimé et partout, l'ambiance fade, saturée des relents de cuisine pauvre, particulière aux pensions bourgeoises. Si Paul se fût fort bien accommodé d'un quartier de ce genre, plus luxueux certes que sa chambre à lui, perchée sous les toits et éclairée d'une fenêtre à tabatière, il se rendait compte que cela ne pouvait convenir à ce petit être de luxe, poudré et parfumé, qu'était sa maîtresse.

Il se rabattit vers les rues calmes et cossues qui avoisinent l'hôpital de Bavière. Il savait que c'est le quartier généralement habité par les femmes entretenues, les petites théâtreuses et les cabotins.

Une pancarte jaunie et culottée : « Appartement garni à louer » l'amena dans une petite maison très coquette, où il visita deux chambres « tout à fait ce qu'il faut ». C'était une chambre à coucher de teinte claire et une pièce meublée de trois ou quatre fauteuils, d'un canapé rouge, d'une table et d'un petit secrétaire rococo. C'était frais, gentil, vraiment ce qu'il cherchait.

En regardant de plus près, Paul eût certainement remarqué que les fauteuils étaient plus fatigués qu'il ne sied, que les garnitures de cheminée laissaient voir le zinc sous une mince couche de bronze, et autres petits revers de médaille.

Mais il ne vit rien de tout cela. L'appartement lui plaisait ; il en demanda le prix.

— C'est quatre-vingts francs, monsieur.

La grosse matrone en « négligé » qui le conduisait lui jetait des regards soupçonneux et le fixait attentivement en prononçant ces mots.

— C'est bien. Et libre de suite ?

— Ce soir si vous voulez.

— De mieux en mieux. Cela me convient. Au fait, je dois vous prévenir que ce n'est pas pour moi. C'est pour une demoiselle, une amie, qui arrive de la campagne...

— Ah !

— Oui, une personne très convenable d'ailleurs. Je suppose qu'elle peut recevoir un ami ?

— Tout qui elle veut, à condition qu'on ne fasse pas de tapage.

« Tout qui elle veut » était beaucoup c'était même trop au gré du jeune homme, qui eût préféré l'entrée du sanctuaire sévèrement interdite à tout autre homme que lui. Mais il se rendit compte que, ma foi, il en demandait trop.

— Vous savez qu'on paie d'avance ?

— Evidemment ! Voulez-vous me faire un reçu ?

La matronne alla chercher une demi-page de cahier « écolier » et, tirant un bout de crayon d'une des larges poches de son tablier, griffonna quelques lignes.

— A quel nom ?

— Mlle Julia Piron !

— Voilà qui est fait.

Paul tendit le billet de cent francs, attendit sa monnaie et sortit avec un grand poids de moins sur la poitrine.

Il avait maintenant sa « maîtresse », « son » appartement... Un sourire de pitié lui vint aux lèvres en songeant au jeune homme timide et naïf qu'il était il y a une semaine encore. Il courut faire une toilette soignée.

Il craignait que pour une raison ou pour une autre, il eût à exhiber les fameux cent francs, mais la chance le favorisa jusqu'au bout.

A une heure, il quitta la maison, après que sa mère lui eut bien recommandé de prendre garde aux accidents de chemin de fer, de ne pas se pencher à la portière ; l'oncle se contenta de lui souhaiter « bon amusement », avec un clignement d'yeux équivoque.

Paul se trouva en ville, un billet de vingt francs en poche, avec l'impression de liberté absolue. Pensez donc : il ne devait réapparaître au *Pont des Arches* que le lendemain, à n'importe quelle heure ! Quelle fête !

Paul se rendit tout d'abord à l'appartement dont il avait d'ores et déjà la clef, déposa le reçu sur la table de nuit. Puis, comme il avait encore de longues heures à passer le plus économiquement possible, il entra dans la salle de lecture de la Bibliothèque publique. A six heures, le précieux refuge fermant ses portes, Paul alla se promener sur les boulevards, soupa de deux brioches hâtivement avalées dans une pâtisserie, se promena encore, et arriva au café où Lia le rejoignit vers huit heures.

On comprend qu'une telle journée avait énervé le jeune homme au dernier degré. Cependant, à la vue de Lia, il se sentit pleinement, profondément heureux.

— Madame, je vous invite à visiter votre nouveau nid !

— Comment, chéri, tu as déjà trouvé une chambre ?

— Ma petite Lia, je t'avais promis que ce soir tu coucherais chez toi. Je te demande l'hospitalité jusqu'à demain.

— Accordé. Mais partons. J'ai hâte de voir cela.

Ils partirent rapidement, bras dessus bras dessous. Chemin faisant, Paul fit l'emplette de quelques pâtés, acheta dans le quartier deux bouteilles de stout.

Ils arrivèrent bientôt.

Paul trouvait très spirituel, en certaines occasions, d'affecter un ton emphatique. C'est donc avec l'air solennel d'un larbin de vaudeville qu'il claironna :

— Si Madame veut se donner la peine d'entrer !

Madame fut contente au-delà de toute espérance. Elle ne ménagea pas les exclamations admiratives, pas plus que les baisers sonores.

— Epatant ! Que tu es donc gentil, mon petit coq !

L'estomac de Paul, vexé de l'ironie des deux brioches du souper, criait famine. Aussi notre amoureux mit-il bientôt fin à ces remerciements par un égoïste :

— Et maintenant, si l'on faisait la dînette ?

— Je veux bien. Assieds-toi là, près de moi. Je vais te servir.

La dînette finie, on se mit au lit, Paul était au septième ciel. Depuis l'âge de treize ans, il rêvait d'une pareille nuit... Ah ! sa Lia ; comme il l'aimait !...

Chapitre VI

Où l'on voit comment Paul
revint à la vie rangée

Ce fut dès lors pour Paul Planquet une vie cahotée, désordonnée, le bouleversement de toutes les petites habitudes dont se composait la vie réglée qu'il menait dans la paisible atmosphère du *Pont des Arches*. Il passait ses soirées en ville, au théâtre, au music-hall ou dans quelque café-concert ; il accompagnait ensuite Lia à leur petit appartement, pour ne rentrer coucher que vers trois ou quatre heures du matin. Cependant il se levait à huit heures, l'œil souligné de noir, le regard un peu fiévreux, le teint pâle. La matinée se passait à trouver l'argent qu'il dépenserait le soir. Ainsi, malgré tout, la montre en or fut engagée ; l'oncle Timoléon avança à deux reprises un billet de vingt francs ; les achats de livres, cotisations à diverses sociétés, etc., se multiplièrent. Bref, Paul en était réduit aux expédients. Cette vie fiévreuse, trépidante le grisait, ne lui laissait pas le temps de la réflexion. Une fois encore dans le courant de la semaine, Lia dut passer la soirée en compagnie de son ami. Paul en fut désorienté, ne sachant que faire, déshabitué qu'il était de la vie familiale.

Cependant, ses parents, sa mère surtout, commençaient à s'inquiéter de ses rentrées tardives, d'autant
plus que Paul, comme s'il voulait crâner, prenait
volontiers des allures de noceur et risquait même des
demi-mots en présence de ses parents.

Le lundi suivant, Lia étant encore empêchée, Paul
dut jouer aux « jeux innocents » avec les demoiselles
Dujardin. Comme il l'avait prévu, elles étaient au
courant, tout au moins d'une partie de ses aventures.
Aussi les « questions embarrassantes » plurent-elles
dru. Le prenant un peu à la pose, Paul fut moins
prudent encore qu'il ne l'avait été jusque-là, et ses
réponses à peine ambiguës ne laissèrent pas que
d'inquiéter sa mère. Le lendemain matin, ce fut la scène,
la scène qu'il sentait depuis longtemps inévitable, qu'il
désirait presque pour en être quitte une bonne fois.
Durant le déjeuner, comme Ursule avait une mine
soucieuse, l'oncle Timoléon s'inquiéta :

— Qu'as-tu donc aujourd'hui ? Tu ne sembles pas
« dans ton assiette ».

— Je suis ennuyée, inquiète à cause de Paul ; je
préfère le dire devant lui.

— Aurait-il fait une bêtise ?

— Je l'ignore, mais je ne voudrais pas jurer du
contraire, avec la vie qu'il mène maintenant !

— Mais non, mais non, murmura Paul, tu exagères.
Qu'as-tu à me reprocher ?

— Trouves-tu que c'est une conduite édifiante que la
tienne ? Rentrer tous les jours après minuit ! sans
compter qu'on ne sait pas au juste à quoi tu passes tout
ce temps. Je voudrais bien savoir d'où te vient cette
pochette rose que j'ai trouvée dans ta chambre ?

— Bah ! intercéda Timoléon, une petite bonne amie, c'est de son âge quand même, à ce garçon !

— De son âge ! De son âge ! Des femmes que l'on va ainsi voir le soir, ce ne peut être rien de rare. Quelque grue, quelque cocotte, qui l'aura entortillé ! Il n'y a qu'à regarder sa figure, d'ailleurs : on dirait un enfant tuberculeux !

— Mais, maman, je t'assure qu'il n'y a pas lieu de te faire ainsi du mauvais sang ! Tu ne voudrais pourtant pas qu'à mon âge je passe mes soirées à jouer domino ou à lire la « Bibliothèque rose » expurgée.

— Cela vaudrait beaucoup mieux pour toi que de mener une vie comme la tienne ! Quand il te sera arrivé quelque chose, il sera bien temps de te repentir ! Tu sauras bien, alors, venir pleurer près de ta mère !

— Je te dis que tu exagères. Je n'en fais ni plus ni moins que tous les jeunes gens de mon âge !

— J'ignore ce que font les jeunes gens d'aujourd'hui, mais je sais bien que, de mon temps, ils ne fréquentaient pas toutes ces femmes. Un beau jour ils faisaient la connaissance d'une brave jeune fille, bien sérieuse, et la courtisaient en présence des parents. Si tu crois que j'aurais voulu d'un homme ayant couru après toutes « ces sales femmes » ! Non, tu files un mauvais coton, et tiens, veux-tu que je te le dise : tu finis par me dégoûter, voilà !

Et contente d'avoir pu dire tout ce qu'elle avait sur le cœur, Ursule Planquet se dirigea avec dignité vers les profondeurs de la cuisine.

Lorsqu'elle fut sortie, Joseph Planquet, qui n'avait soufflé mot, fit une courte remontrance à son fils, remontrance qu'il termina en lui conseillant de prendre

garde à ce que sa mère ne sache plus rien de sa conduite.
Alors, Paul regarda sa sœur en souriant, haussa les
épaules, et le soir même ne manqua pas de raconter la
scène à Lia, avec force détails amusants.

— Il n'y a pas à dire, maman n'est pas dans le train ;
elle se croit toujours au temps des omnibus !

. . . .

Cependant Lia, si elle n'aimait pas le jeune homme
d'un fol amour, se sentait un certain penchant pour lui.
Cela ne procédait ni de la tendresse ni de la brûlante
passion. Seulement, ce grand dadais naïf, à la longue
silhouette dégingandée lui plaisait, tant par la passion
vive qu'elle lui avait inspirée que par les façons
respectueuses qu'il affectait vis-à-vis d'elle. Il la traitait
presque en femme du monde, et c'est là ce que nombre
de petites femmes adorent par-dessus tout, bien qu'elles
s'en défendent énergiquement.

Bref, Lia avait un béguin, un véritable béguin pour le rejeton des Planquet. Cette liaison l'amusait, et puis, d'ailleurs, elle ne tirait pas à conséquence.

Paul, au contraire, commençait à voir les choses sous un autre aspect. La vie agitée et surtout le perpétuel besoin d'argent contre lequel il avait à lutter le fatiguaient. Après quinze jours, il aimait certes encore Lia, d'un amour intermittent, pas trop exalté. Elle était devenue une jolie femme, une maîtresse pratique, pas trop chère quand même. L'apaisement du désir, le refroidissement s'étaient faits insensiblement ; les soucis d'argent les avaient hâtés encore.

Malgré cela, Paul aurait volontiers continué à filer le parfait amour, n'avait été le bouleversement complet que cet amour amenait dans sa vie. Il était un homme d'habitudes, nous l'avons dit, jugeant inutile et fatigant de faire le lendemain autre chose que la veille. Il s'était arrangé un véritable horaire suivant lequel il passait ses journées. Le moindre contretemps l'énervait, le rendait maussade.

On comprend que s'il avait pu supporter durant huit jours, quinze jours même, les multiples imprévus de sa vie amoureuse, il commençait à être profondément las et à aspirer aux paisibles émotions d'antan.

Aussi, dès l'instant où il regarda sa maîtresse sans que la passion le remuât autrement, songea-t-il sérieusement à la rupture.

La rupture ! Mille et un moyens se présentèrent aussitôt à son esprit, depuis les procédés mondains et élégants, enseignés dans *l'Art de rompre*, jusqu'aux moyens plus simples, plus prosaïques. C'est d'ailleurs à l'un de ces derniers qu'il s'arrêta un matin de dèche noire et de fatigue.

Il écrivit une lettre dans laquelle il expliquait qu'il ne pouvait continuer sa liaison sans s'attirer de grands ennuis de la part de ses parents. Ensuite, dans l'après-midi, il se rendit au petit appartement, à l'heure à laquelle il savait Lia absente, et déposa sa lettre sur la table.

Il sortit ; la rupture était trop fraîche encore pour qu'il pût mettre du regret dans le dernier regard qu'il lança sur les objets devenus familiers ; sa liaison était trop fraîche, elle aussi, pour qu'il pût y mettre de la rancœur.

Il s'en retourna lentement. Comme c'était un sage, il jugea que cette aventure suffisait pleinement à faire de lui un homme et à lui assurer des souvenirs amoureux pour ses vieux jours. En conséquence de quoi il se promit de reprendre la vie en harmonie avec l'atmos-phère du *Pont des Arches* jusqu'au jour proche ou lointain — peu lui importait — où une quelconque jeune fille voudrait partager sa place dans l'officine, quand il reprendrait la « Pharmacie ». Et, pour traduire en actes ces belles résolutions, Paul brûla la pochette rose, cause d'une scène de famille, et, sans plus tarder, songea aux moyens de payer ses dettes, calculant que son éducation sentimentale lui avait coûté deux cent dix-neuf francs cinquante.

Chapitre VII

Qui sert d'épilogue

Le jour même, Paul annonça négligemment à sa famille qu'il en avait fini une fois pour toutes avec la « vie de bâton de chaise », comme il l'appelait lui-même avec un reste de fatuité. Cette nouvelle combla d'aise Mme Planquet, qui n'en conserva pas moins un vieux fond de méfiance.

D'ailleurs, elle sut cacher sa joie sous un air bourru.

— Il n'y a pas de mal que tu reviennes à la raison. Tu devrais être honteux de t'être mal conduit, ne fût-ce que pendant huit jours. Et puis, « qui a bu boira ». Pour ma part, je n'ai pas beaucoup de confiance dans cette conversion soudaine. Enfin, on verra bien !

Jeanne profita de l'occasion pour plaisanter son frère sur sa « délicieuse Lia », sa « divine maîtresse », qui l'avait sans nul doute planté là. Joseph Planquet ne se mêla pas à cette affaire. Quant à Timoléon, il proposa au jeune homme, le dîner fini, d'aller prendre un verre « au café ».

Un peu surpris par cette invitation inaccoutumée, Paul le suivit néanmoins. L'oncle semblait avoir son idée. Ses petits yeux pétillaient plus que de coutume et

162

le sourire marquait une évidente satisfaction de soi-
même.

Quelle idée pouvait-il encore bien avoir derrière la
tête, ce diable de « Brusseler » en belle humeur ? C'est
ce que Paul se demandait chemin faisant, tandis que
l'oncle, avec la volonté bien marquée de ne pas parler de
choses sérieuses dans la rue, discourait sur le mauvais
pavage des trottoirs et l'embarras provoqué par les
travaux de canalisation qui entouraient les alentours du
pont des Arches d'une suite ininterrompue de petites
montagnes de terre, de ravins en miniature sur lesquels
des ponts de planches étaient jetés de-ci de-là.

L'oncle Timoléon conduisit Paul dans un petit café
d'habitués, sis derrière l'hôtel de ville. Le « Bonjour,
m'sieu Planquet » qui accueillit le mentor de notre
jeune homme donna à ce dernier une haute idée des
relations de son oncle.

Avec un « han » satisfait, Timoléon installa sa
lourde masse de chair sur la banquette recouverte de
molesquine et commanda deux « spéciaux », autrement
dit deux verres d'un petit cognac réservé aux habitués.

Quand l'oncle eut avalé une bonne lampée et posé ses
deux coudes sur le marbre de la table, il commença, l'air
bonhomme :

— Et maintenant, parlons un peu de toi ! Il paraît
qu'on s'en est donné, durant les quinze derniers jours !

— Peuh ! maman a beaucoup exagéré.

— Allons, pas de manières, n'est-ce pas, et raconte-
moi franchement cette petite aventure, comme à un
camarade, un bon vieux camarade.

— C'est bien simple ! J'ai fait la connaissance d'une

163

petite femme qui est devenue ma maîtresse. Après quinze jours, j'ai rompu, voilà tout !

— Voilà tout ! Vraiment. Tu ne vas pas pourtant me faire croire que ce sont les diarrhées du chat qui te donnent cette mine soucieuse. Tu as tout le temps l'air d'être enfoui dans un inextricable problème d'algèbre. Voyons, des ennuis, hein ?

— Mais non, mon oncle, je vous assure !

— Pas le moindre petit embarras d'argent ?

— Pour cela, un peu, je l'avoue !

— Ah ! je comprends cela ! Les petites femmes, même et surtout lorsqu'elles sont censées ne rien coûter, vous vident les poches en un rien de temps.

— Elle a été très raisonnable, cependant.

— Enfin, il t'a quand même fallu débourser. Or, ton père m'a dit que tu ne recevais que vingt francs par semaine.

— C'est exact.

— Il est évident que tu as dû chercher de l'argent ailleurs ; tu as probablement emprunté ? En un mot, combien dois-tu ?

— Mais...

— Allons donc, pas de manières. Je t'ai dit que tu parlais à un vieux bonhomme d'ami. Je sais ce que c'est que la jeunesse, que diable ! Je n'irai pas raconter tes affaires à ta brave femme de mère qui, sur ce point, tient à ses idées !

— Eh bien, voilà : outre les quarante francs que vous m'avez prêtés, je dois encore quelque chose comme cent cinquante francs.

— Bon ! Tu as encore été raisonnable. Comment comptes-tu te tirer de là ?

— Je ne sais pas encore. Je chercherai.

— Inutile de te faire plus de mauvais sang. Pour cette fois, je vais te tirer d'affaire. Voilà deux cents francs, arrange-toi avec cela.

Paul étonné, ravi et confus à la fois, balbutiait.

De plus en plus bonhomme, l'oncle l'interrompit :

— Inutile de me remercier, mon petit ! C'est toi que cela regarde, car c'est autant de pris sur mon héritage. Enfin, tout est bien qui finit bien. Et à l'avenir...

— Oh ! pour cela, vous pouvez être tranquille ! Je n'ai garde de m'y laisser prendre une seconde fois !

— Tout beau ! On dit cela et puis... D'ailleurs, j'ai passé par là aussi, avoua l'oncle avec une fausse modestie. Et maintenant, avale ce délicieux cognac avec tout le respect que l'on doit à une aussi vénérable liqueur, et fiche-moi le camp ! Tu as suffisamment d'affaires à mettre en ordre.

Et l'oncle Timoléon se renversa sur la banquette, savourant des yeux la fine champagne qu'on lui apportait.

— Surtout, silence chez toi ! Comme je le connais, mon sacré bonhomme de frère serait capable de m'envoyer à mes affaires.

LIVRE II

Chapitre Ier

Où l'oncle Timoléon
voit les choses en grand

Depuis les temps les plus reculés, Ursule Planquet avait l'habitude, sitôt levée, de se précipiter dans le corridor pour prendre le courrier. C'est que, toujours, elle envisageait — sans oser l'espérer — la possibilité d'un coup de fortune subit. Quelques jours, le changeur ne lui écrirait-il pas pour lui annoncer qu'une de ses « obligations » de « Bruxelles 1900 » ou de « Liège 1905 » gagnait vingt mille, cinquante mille francs peut-être ? La famille Planquet avait des « obligations » de toutes sortes, des Tervueren, des Anvers, des Gand... Pas beaucoup, non ! Deux ou trois de chaque espèce seulement. De la sorte, on avait, presque chaque mois, l'émotion d'un tirage, la perspective d'un « gros lot » ! Les « gros lots » étaient la marotte de cette bonne vieille Ursule. Elle avait des billets de toutes les tombolas ; elle les conservait même bien longtemps après le tirage, car, n'est-ce pas, l'imprimeur peut très bien s'être trompé, en éditant la liste des numéros gagnants ! La correspondance du matin peut bien réserver d'autres surprises encore. Sait-on jamais ? Il y a les lettres mortuaires, les faire-part de mariages, de fiançailles, bref, un tas de choses qu'il est très agréable de connaître avant les autres.

Mais depuis quelque temps — trois mois exactement après l'arrivée de l'oncle Timoléon, et son installation au *Pont des Arches* —, depuis quelque temps, dis-je, à tous ces attraits de la correspondance, un attrait nouveau s'était ajouté : presque journellement arrivaient de grandes enveloppes jaunes ou vert pâle, à l'adresse de Timoléon Planquet. Toujours c'étaient des firmes nouvelles qui en ornaient l'angle supérieur : Pharmacie générale, boulevard Montparnasse, Paris ; Agence de publicité L'Eclair, à Bruxelles ; Bureau d'affaires Biervé, rue Neuve, Bruxelles (au second)... Le plus vexant de l'affaire, c'est que dame Ursule n'avait pu savoir encore « de quoi il retournait ».

Cependant, la conduite de l'oncle Timoléon n'avait pas changé de façon bien sensible. Le gros homme continuait comme par le passé à faire sa quotidienne et apéritive visite au *Bodega*, à « caramboler » de main de maître durant les longues heures de l'après-midi, à abattre les cartes en compagnie de trois adjudants et à faire la quatrième au whist du lundi. En y regardant de plus près, on remarquait bien chez lui certaines allures inusitées. C'est ainsi que, chaque matin, aussitôt le déjeuner dégusté avec la lenteur et la componction qu'un vrai gourmet se doit de faire montre, le ventre à table, l'oncle avait l'habitude de passer un quart d'heure, une demi-heure parfois, dans le sanctuaire de la pharmacie, l'antre de Hercule Herbion. Seul avec le grand diable roux, il avait de ces conversations qui se poursuivent à voix étouffée dans le silence, pour s'interrompre ou céder la place à des banalités au moindre bruit de pas. Mais peut-être, au fond, ne cherchait-il de la sorte qu'un remède efficace aux rhumatismes dont il souffrait, sans vouloir l'avouer.

— Bon pied, bon œil... et gosier sec ! avait-il coutume de répéter avec sa bonne grosse voix joviale ; mais, dans les derniers temps surtout, cette affirmation était soudain démentie par un instinctif mouvement, aussitôt réprimé, du bras vers la jambe gauche...

Un autre détail encore : chaque fois que l'on parlait des Pilules purgatives pour pigeons, dues au génie de Joseph Planquet, chaque fois que, dans l'officine, il apercevait une des petites boîtes en carton contenant le célèbre produit, l'oncle avait dans le regard une expression bizarre ; le sourire s'élargissait sur sa face épaisse et rose, tandis que la main caressait les quelques poils « poivre et sel » de la moustache retroussée. Mais, pour quiconque ne cherche pas midi à quatorze heures, cette particularité s'explique par la fierté que devait ressentir Timoléon Planquet devant l'œuvre de son frère.

Un soir, après le souper, l'oncle fit un nouvel accroc à ses habitudes en invitant Joseph Planquet à l'accompagner à la promenade. Il était huit heures environ lorsqu'ils partirent, d'un pas lent et égal. Dans les carrés lumineux des étals, la ville grouillait d'une vie intense, où dominaient le pas pressé des demoiselles de magasin et des commis, le cri des marchands de journaux et le tintamarre fuyant des tramways. Longeant les trottoirs, les deux frères cheminaient en devisant, et, sans le savoir, savouraient les effluves de toute cette vie qui tourbillonnait autour d'eux. Timoléon, le boute-en-train, le beau parleur, ne prononçait que de vagues monosyllabes, la pensée à mille lieues, eût-on dit, du discours que lui tenait Joseph Planquet sur l'influence des poudres impondérables dans la pharmacie moderne.

Si l'oncle aimait flâner et muser par les rues, il préférait encore la tiède retraite d'un café et l'âge des bons crus l'intéressait bien plus que les plus doctes dissertations de son frère. Bientôt il proposa d'aller « prendre un verre », verre qui se multiplia avec tant de bonne volonté qu'au sortir du *Café de l'Hôtel de Ville* les pensées des deux Planquet semblaient prendre un malin plaisir à se confondre, à se bousculer, en une carnavalesque féerie, dans leur cervelle respective.

L'oncle Timoléon avait la mine réjouie, et son nez, et ses lèvres s'épanouissaient dans l'éclat du plus pur vermillon. Des gouttelettes d'humidité s'accrochaient aux poils verdâtres du pharmacien, comme une rosée qui tente vainement de ranimer une touffe d'herbe desséchée par l'automne.

Timoléon discourait éloquemment, car, chez ce diable d'homme, les paroles et les phrases se développaient d'autant plus pures et colorées que le vin s'acharnait à brouiller les idées. Il fallait le voir, au *Bodega* ou au *Café de l'Hôtel de Ville*, lorsqu'il condescendait à prendre la parole, au milieu du cercle respectueux des habitués ! Il fallait l'entendre, lorsqu'après avoir fait claquer sa langue sur un gargarisme au vieux système, il s'adonnait au noble jeu des périphrases et des périodes enflammées ! Le sujet ! Qu'est-ce le sujet, je vous le demande, pour un pareil homme ! Sa verve était-elle moins vive, ses accents moins chaleureux pour défendre que pour attaquer la politique gouvernementale ou le dernier impôt communal ? Le théâtre ou le commerce, la musique ou la finance ne l'inspiraient-ils pas avec la même intensité ? Enfin n'était-il pas toujours égal à lui-même, c'est-à-dire planant au-dessus du vulgum pecus par la puissance de son argumentation, la persuasion de sa voix grasseyante et sonore ?

De quoi il parlait en longeant les vitrines de la rue Léopold ? De la pharmacie Planquet, simplement ! Mais ce sujet, ennuyeux dans la bouche du pharmacien lui-même, qui n'eût pu que détailler la composition d'un quelconque onguent, prenait dans la bouche de l'oncle Timoléon une ampleur et une noblesse particulières.

On ne peut malheureusement pas, si l'on reproduit de tels discours, reproduire aussi le ton et le geste qui les accompagnent en leur donnant leur valeur. Lorsqu'au collège nous chantions *Athalie* sur l'air du *Grand Saint Nicolas*, nous ne nous doutions pas de la majesté que prenaient ces grands dadais d'alexandrins dans la bouche de Madame Sarah !

Ainsi parlait Timoléon :

— Mon cher Joseph, je dois t'avouer que ce n'est pas sans un violent chagrin, une profonde tristesse que j'ai constaté chez toi, depuis mon retour, un manque absolu de sens pratique... Certes, tu possèdes une vaste intelligence, une érudition profonde, mais tel le pêcheur qui ne saurait saler et encaquer ses harengs, tu es inhabile à tirer profit de ta science. Ces pénibles réflexions m'ont été suggérées par les misérables boîtes qui enveloppent le trésor inestimable qu'est la « Pilule purgative pour pigeons ». Quoi, tu inventes un produit nouveau, un médicament précieux entre tous, et c'est dans le vulgaire appareil d'un peu de carton blanc que tu les exposes à ta vitrine ! Pas de réclame, de publicité ! Quelques vieux vieux « colèbeus[1] » seuls connaissent le fruit de ton labeur !

Joseph Planquet ne protestait pas, ne soufflait mot. Etonné par ces horizons nouveaux qui se découvraient tout à coup, il s'acharnait à concentrer ses esprits épars pour saisir toute la portée des sages paroles qui sortaient de la bouche de son frère, en même temps qu'un délicieux relent de cognac.

Ils étaient arrivés place Saint-Lambert ; Timoléon s'immobilisa devant une vitrine ruisselante de lumière. Son frère s'arrêta, lui aussi, et regarda, de tous ses yeux. La *Grande Pharmacie* étalait ses deux montres, larges, encadrées de marbre rose et d'acajou. Au milieu des « spécialités » de toutes sortes, luxeusement empaque-

---

1. En patois, personne s'occupant de l'élevage des pigeons, et en particulier des pigeons voyageurs. (*Note de l'éditeur.*)

tées, un petit bonhomme en carton-pâte, vêtu d'un sarrau bleu et d'un bonnet de coton, frottait, en gestes saccadés, un pot d'onguent sur un pied orné d'une luxuriante végétation de cors ; à l'autre vitrine, entre les flacons de crème Simon, de Pâte dentifrice et de parfums, un Monsieur en habit ouvrait toutes les secondes une bouche entourée d'un épais pansement, tandis qu'un identique personnage, planté à côté de lui, souriait de toutes ses dents, attestant les vertus de la Pâte dentogène.

La foule s'arrêtait et l'on apercevait, au travers de la porte vitrée, une officine toute en acajou, avec de petits tabourets incrustés, une « caisse » grande comme la pharmacie Planquet, avec, partout, des ampoules électriques et des globes lumineux.

Un sourire supérieur illuminait la face de l'oncle Timoléon.

— Eh bien, qu'en dis-tu ? Voilà une pharmacie qui laisse loin derrière elle l'antre où tu croupis misérablement ! Et pourtant, tu tiens la fortune ! Tu n'as qu'à vouloir, et dans dix, dans cinq ans peut-être, ton nom brillera sur une vitrine plus étincelante encore que celle-ci ! Ecoute-moi bien : je suis prêt à te donner un solide coup d'épaules. Je te l'ai dit : tu tiens la fortune ; les « Pilules purgatives pour pigeons » sont un vrai trésor. Il suffit de les lancer ! J'ai pensé à tout, écrit à un tas de gens. Il n'y a plus qu'à dire : oui ! et demain je me mets à la besogne. Voyons, qu'en penses-tu ? Tu es ébloui, pas vrai ? Tu n'aurais jamais pensé que ton bonhomme de frère...

— Je demande à réfléchir. Nous reparlerons de tout cela demain !

— C'est vrai ! Tu n'es pas un homme d'action, toi ! Réfléchis, et demain...

Joseph Planquet s'endormit bien vite, ce soir-là. Cependant, son sommeil fut hanté de visions biscornues autant qu'obsédantes où revenaient continuellement le bonhomme aux cors aux pieds, et l'automate en habit... Ces petites marionnettes ne le quittèrent pas un instant ; bien plus, par un évident sentiment de malveillance, elles se multipliaient à l'infini, emplissaient le lit, la chambre, la maison tout entière, s'auréolant de petites boîtes rondes et brillantes où se lisait en lettres d'or : « Pilules purgatives pour pigeons ».

Et le lendemain Joseph Planquet s'éveilla la langue râpeuse et les jambes molles ; mais son esprit s'orientait vers de glorieuses visions d'avenir.

Chapitre II

Du lancement des Pilules purgatives pour pigeons !

Depuis huit jours, l'austère maison du *Pont des Arches* était sens dessus dessous. Un échafaudage maigre et branlant appuyait sa fragilité aux vieilles briques de la façade ; le cadre des vitrines était déjà à moitié couvert d'une belle couche de couleur brune ; en glissant un indiscret regard entre l'émail d'un injecteur grand modèle et la statue aux eczémas, on remarquait, dans l'officine, une animation inaccoutumée. Que dis-je ! inaccoutumée ! C'est étonnante, miraculeuse qu'il faudrait dire, pour être un faible écho de l'opinion publique. Les voisins, la marchande de tabacs-cigares d'en face, le vannier d'à côté, l'épicier du coin, le Monsieur du 17, tous enfin croyaient à une subite aberration mentale de Joseph Planquet ou à un coup de fortune inespéré. Comment, la pharmacie Planquet si tranquille et si grave, qui poussait le respect du passé jusqu'à conserver pieusement la poussière déposée par d'autres générations, la pharmacie Planquet, cette quintessence de la boutique

séculaire, tombait, elle aussi, dans le modernisme !
Qu'allait-il en advenir, grands dieux ! Les rejointoyeurs
oseraient-ils profaner la façade sombre et rugueuse qui
avait vu Rogier, et peut-être Albert de Cuyck ?

Hélas non, braves gens ! Il advint pis que tout cela ;
après huit jours, la pharmacie Planquet était littérale-
ment maquillée. La couleur brune couvrait briques et
vieilles pierres, et des lettres d'un pied annonçaient aux
passants les Pilules purgatives pour pigeons !

Humbles colèbeus, vous ne verrez plus les modestes
boîtes blanches et grises ; on vous servira les Pilules
Planquet en de coquets tubes de verre ornés d'étiquettes dorées. La vieille boutique a de l'orgueil : elle
s'orne de couleurs et d'inscriptions comme la canaille
achète un titre et un blason !

. . . .

L'oncle Timoléon nageait dans une onde de délices ;
son œil était plus vif que jamais, et sa voix grasse avait
de belles intonations pleines et sonores. Il régnait sur le
petit monde de la pharmacie Planquet, mais il régnait
avec bonne grâce, sans jamais faire montre de son
éclatante supériorité.

Le lancement des « Pilules purgatives pour pigeons »
était chose résolue. Le lendemain déjà de la promenade
des deux frères, la question avait été examinée en
famille. Tout avait marché à merveille. Seulement, que
l'on avait eu de peine à convaincre Ursule ! Que
d'objections, de prudents : « Nous sommes bien ainsi !
Qui sait l'argent que l'on peut perdre si les choses
tournent mal ! »

Mais comment une faible femme eût-elle pu résister
longtemps à l'éloquence persuasive de Timoléon ? Eût-

elle été cent fois plus timorée encore que la jactance de
l'oncle fût venue à bout de ses craintes ! Quant à Jeanne
Planquet, la lecture d'Ardel, de Bordeux ou d'Ohnet la
mettait trop au-dessus de ces questions terre à terre
pour qu'elle fût prise de l'engouement général.

Et, modeste, Timoléon Planquet continuait à faire le
whist du lundi et le piquet du soir avec les trois
adjudants !

Durant la journée, il ne quittait plus la pharmacie,
rédigeant de longues lettres sur de beaux papiers à en-
têtes toutes fraîches : « Pharmacie Planquet. Pilules
purgatives pour pigeons », et, au bas, il apposait, à
l'aide d'un timbre en caoutchouc fabriqué pour la
circonstance, le paraphe de Joseph Planquet.

Tout d'abord, les journaux publièrent de longues
annonces, rédigées de main de maître par Timoléon, qui
vantaient en termes pathétiques autant que recherchés
les merveilleux effets des Pilules purgatives.

« Le pigeon constipé est une bête morte ! Pourquoi,
dès lors, gens soucieux de votre propre intérêt autant
que du bien-être des animaux, ne pas recourir au
merveilleux produit, dû aux longs et patients travaux de
l'un des maîtres de la science, le pharmacien Joseph
Planquet, qui... »

Cela continuait des lignes et des lignes encore sur ce
ton, sans qu'il fût besoin de recourir aux points ou aux
alinéas, tant les pensées, coulant pures d'un cerveau
éclairé et subtil, s'enchaînaient d'elles-mêmes en des
périodes illimitées.

La lecture de ces annonces, où le nom de son mari
était imprimé tout au long, flanqué de tels éloges, avait
levé les dernières hésitations d'Ursule Planquet. C'était

177

même presque de l'enthousiasme qui maintenant animait la vieille Ursule, tant et si bien qu'elle voulut fêter le
lancement des Pilules purgatives pour pigeons par une
petite fête intime, à laquelle, seuls, les Dujardin seraient
invités. Est-il besoin de dire qu'il ne fut question, ni
d'huîtres en coquilles, ni de salmis de bécasse, d'anguille
tartare ou de veau braisé ! Pas plus, Joseph Planquet
n'éprouva-t-il le désir de s'occuper des préparatifs
culinaires. Si, un instant, les bonnes odeurs qui s'échap-
paient de la cuisine le tentèrent, il lui suffit de songer aux
Pilules purgatives pour pigeons et à sa prochaine célé-
brité pour apercevoir la ligne de conduite en harmonie
avec la dignité de sa haute position. Et le pharmacien
passa la matinée de ce dimanche dans la salle à manger,
tâchant parfois de déterminer la nature d'un odorant
effluve venant sournoisement lui caresser les narines.
C'est ainsi qu'il discerna la chaude et molle odeur d'un
ragoût de mouton, le fumet excitant d'une tête de veau,
et d'autres choses alléchantes encore. Le dîner fut très
gai. Pouvait-il en être autrement, alors que l'oncle
Timoléon était à table et que celle-ci était amplement
garnie de mets appétissants à souhait ? Naturellement, le
gros homme dut donner des détails sur le lancement des
Pilules Planquet, la publicité intensive, les dépôts de
Bruxelles, Anvers, Verviers, et même de Paris.

Timoléon jouissait du privilège qui consiste à pou-
voir parler et manger à la fois. Loin de se nuire, ces
deux occupations semblaient, en sa bouche, se complé-
ter : les paroles et les phrases coulaient plus grasses, et
les *r* roulaient avec un entrain merveilleux, tandis que la
mastication semblait facilitée par le mouvement de la
langue.

C'était un vrai plaisir de le voir ainsi, serviette au cou,
le menton gras, la moustache dressée et le nez semblant
se trousser pour laisser plus libre la bouche, broyant les
mots et les viandes à l'abri des lèvres épaisses qu'une
langue leste et gourmande léchait à tous moments. Vrai,
c'était là un spectacle qui donnait faim. Aussi, à ce
dîner, on mangea beaucoup, et l'on parla plus encore.
En quelques instants, les Pilules purgatives pour
pigeons s'auréolèrent d'un nimbe d'or, tout comme
dans le rêve de Joseph Planquet ; elles se multipliaient,
submergeaient Liège, encombraient les pharmacies de
Belgique, du monde entier, sauvaient des milliers de
pigeons, tandis que s'élevait un hymne de gratitude et
de gloire en l'honneur du célèbre philanthrope Joseph
Planquet, maître de céans.

Et Timoléon Planquet, dans le feu de son discours,
qu'entretenaient de fréquentes lampées d'un généreux
Romanée, demandait humblement à son frère qu'au

179

milieu de l'encens de cette gloire à venir, il lui réservât une toute petite place à lui, Timoléon Planquet, bien indigne certes de seconder un tel savant.

Joseph Planquet, ému jusqu'aux larmes, étreignait la large poigne de Timoléon, et jurait que seul il n'atteindrait jamais les sommets enchantés de la renommée. Tous les assistants, Ursule, Jeanne, la veuve Dujardin et ses filles, étaient médusés, captivés par la subtile éloquence de l'oncle. Les dernières surtout regardaient Timoléon avec ravissement ; Paul songea avec tristesse que jamais il n'arriverait à une aussi belle élocution, et il fut presque jaloux de son oncle. Ce fut une belle journée encore à l'actif de Timoléon Planquet, une bien belle journée... la dernière !

Chapitre III

Des premières atteintes du mauvais sort

Lorsque Timoléon Planquet avait proposé à son frère le lancement des Pilules purgatives, il lui avait offert de collaborer au succès de cette entreprise, non seulement par ses conseils, mais encore par son appoint financier.

Joseph Planquet avait accepté les conseils mais refusé les fonds ; c'est ainsi que depuis un mois, toutes les opérations savamment dirigées par l'oncle Timoléon étaient faites au nom et pour le compte de son frère.

L'oncle était un homme d'affaires de grande valeur, c'était un commerçant de génie même ; le sort, au service peut-être d'une quelconque égalité, s'attaque avec acharnement à tout ce qui dépasse le commun des mortels.

Timoléon Planquet était insolemment supérieur à tous ces bourgeois qui vendent des épices, des asticots ou des tissus, sans même se douter que le commerce est à la fois une science et un art, une science parce qu'il est basé sur de grands principes invariables, un art parce qu'il laisse le champ libre à la personnalité.

Comme Alexandre, comme Jules César, comme Napoléon et Guillaume II, Timoléon Planquet allait avoir à lutter contre la plus tenace des mauvaises fortunes. Par un raffinement barbare, cette malchance s'attaqua, non à lui qu'une douce et souriante philosophie rabelaisienne rendait insensible aux mille tracas dont souffre le commun des mortels, mais aux « Pilules purgatives pour pigeons », à l'essor de la pharmacie Planquet, ce grand œuvre qu'il considérait à juste titre comme le plus digne couronnement d'une brillante carrière. Dans la nouvelle toilette dorée, les pilules encombrèrent durant quelques mois les pharmacies de la province, voire de Bruxelles ou de Paris, sans qu'un homme soucieux de philanthropie songeât à soulager quelque pigeon constipé. Les affiches les plus éclatantes, les articles les plus persuasifs avaient beau solliciter l'attention des amateurs : les pilules ne se vendaient pas. Pour comble de malheur, les vieux clients qui, depuis belle lurette, se fournissaient à la pharmacie du *Pont des Arches* ne réapparaissaient plus, écartés, semblait-il, par quelque fée maligne !

Un jour, un pharmacien renvoya les nombreux tubes de pilules qu'il avait reçus en dépôt. Comme si elle n'attendait que ce signal, la débâcle commença : chaque matin, de nouveaux colis de « Pilules Planquet » arrivaient à l'officine. On ne savait plus où les mettre : quatre rayons en étaient emplis, et l'oncle, avec sa belle grandeur d'âme, sacrifia un coin de sa chambre.

Joseph Planquet, derrière la broussaille de sa barbe et l'ivoire de son grand front de savant, recevait le choc, impassible. Jamais son doux regard voilé de lunettes à cerne d'écaille, ne contint la moindre lueur de reproche à l'adresse de son frère. Il s'inquiétait bien plus du changement qui s'opérait dans le visage de Timoléon.

Oh! la belle figure éclatante de santé, qu'était-elle devenue? Les joues, si roses auparavant, et délicatement couperosées pendaient flasques et jaunes; le double menton, ce bourrelet de chair dodu et rond comme un ventre de caille, devenait une poche; la flamme pétillante des yeux, miroir de la plus vive des intelligences, avait disparu! La petite moustache ne frissonnait plus au passage d'un délicieux fumet et la fourchette piquait indifféremment une aile de poulet ou un morceau de bœuf bouilli. Pauvre Timoléon!

Chapitre IV

Où il est traité d'une bien triste résolution

Ce n'était là cependant que les premières atteintes de la mauvaise fortune qui s'acharnait sur sa victime. Jusqu'alors, Ursule Planquet n'avait rien su du sort des « Pilules purgatives pour pigeons ». Retenus par une sorte de commisération, les deux frères n'en avaient soufflé mot devant elle.

Une phrase imprudemment prononcée par l'aide-pharmacien lui apprit l'horrible vérité. Ursule était femme, que dis-je, elle était doublement femme, parce que mère !

En son esprit, le désastre prit des proportions effrayantes ! Les quelques milliers de francs dépensés devinrent une fortune, et ce revers la ruine complète. Incapable, comme Joseph Planquet, de considérations philosophiques sur la vanité des grandeurs humaines, elle rendit Timoléon responsable du malheur.

Sans songer un instant qu'elle accablait un blessé, elle lui reprocha amèrement d'avoir entraîné son mari dans des opérations ridicules autant que dangereuses... Elle était femme, ai-je dit ! C'est pourquoi, sans doute, elle ne déversa pas sa rancœur d'un seul coup. Ce fut une série ininterrompue de phrases ambiguës, de reproches voilés — si peu ! — qui surgissaient à propos de tout et de rien, au déjeuner, au dîner, le matin et le soir.

Tantôt elle se lamentait sur le sort de la malheureuse Jeanne qui ne trouverait certes pas à se marier, sa dot étant engloutie dans « tas de tripotages ». C'était la première fois qu'elle songeait que Jeanne devait se marier un jour ; aussi, dans sa reconnaissance, cette dernière ne put-elle qu'aider sa mère à accabler celui qui la condamnait à rester vieille fille ! Tantôt Ursule se plaignait du prix des denrées, et affirmait qu'après les revers de fortune, il serait nécessaire de se restreindre ! Un jour que Paul réclamait ses vingt francs hebdomadaires, la pauvre mère le plaignit d'en être réduit à un aussi dérisoire budget, lui qui était en âge de s'amuser un peu !

Sous cette avalanche de dards qui le frappaient en plein cœur, Timoléon ne soufflait mot ! Sans même songer à se justifier, lui qui l'aurait pu d'un mot, cependant, il baissait les yeux et souffrait en silence. Car il souffrait, le pauvre oncle, autant qu'homme puisse souffrir ! Et dans sa grande bonté, il pardonnait à sa belle-sœur tout le mal qu'elle lui faisait, songeant philosophiquement que toute femme possède un vieux fond de méchanceté et que c'est inconsciemment qu'elle en use.

Cependant la vie devenait intenable, au *Pont des Arches.* Les reproches pleuvaient de plus en plus dru, et un jour que Joseph Planquet avait voulu excuser son frère, une scène de ménage avait éclaté.

Timoléon qui, pour lui-même, était résigné aux pires injures, ne put admettre qu'il fût cause de discussions dans un ménage aussi uni. Le cœur bien gros, les larmes aux yeux, et quelque chose comme un sanglot durcissant sa belle voix, sans rancœur, il quitta un matin la vieille maison du *Pont des Arches* dont la couleur, toute fraîche encore, sembla lui adresser un dernier reproche !

Chapitre V

Qui laisse prévoir un nouveau dîner

Tout seul désormais dans la vie, Timoléon Planquet s'installa dans un petit appartement, en face du Grand Théâtre. Le « café » n'avait plus d'attrait pour lui... Dans un grand fauteuil, derrière une fenêtre, il passait de longues heures à lire quelque livre de choix, espérant que le charme de la belle littérature et la philosophie des grands auteurs atténueraient sa peine. C'est ainsi qu'il connut bientôt les aventures du comte de Monte Cristo, les prouesses de d'Artagnan et du chevalier de Lagardère.

Souventes fois, son esprit se détachait de ces œuvres magistrales, et il songeait... Comment parviendrait-il à réparer le mal qu'il avait causé ? Car, dans sa modestie, l'oncle n'hésitait pas à s'accuser, sans songer un instant à rendre le destin responsable de la débâcle des « Pilules purgatives pour pigeons ». Durant deux mois, il songea ainsi, se torturant la cervelle sans la moindre pitié. Et il trouva...

Un matin que le soleil s'efforçait d'adoucir, en dorant l'asphalte et les pierres blanches du théâtre, un matin où tout ce qui vit est sympathique et bon, tant le ciel est généreux et l'atmosphère clémente, Timoléon eut un de ces éclairs de génie, si coutumiers au temps de sa splendeur.

Et ce matin-là, le sourire apparut sur ses lèvres qui en avaient perdu le pli... Ce matin-là, la petite flamme brilla à nouveau dans les yeux devenus ternes. Timoléon se mit à l'œuvre. Par l'intermédiaire de quelques « hommes de paille » il commanda autant de « Pilules purgatives pour pigeons » que la pharmacie Planquet pouvait en fournir ; il commanda des injecteurs, des biberons, des pommades et des bandages pour hierneux, et il entassa toutes ces choses dans son appartement...

La salle à manger, la chambre à coucher regorgèrent ; au fur et à mesure qu'elles s'emplissaient Timoléon renaissait à la vie.

Joseph Planquet s'émerveillait d'une telle prospérité, et Ursule commençait à se repentir...

Les moustaches de l'oncle se redressèrent, et il promenait ses joues à nouveau rebondissantes au milieu des émaux, des caoutchoucs et des cartons qui encombraient son logis.

Comme le stock de pilules était épuisé, Ursule proposa de commander des boîtes plus luxueuses encore...

Et Timoléon savourait à nouveau plats exquis et liqueurs fines, en bon gourmet qu'il était...

. . . .

Ici finit l'histoire. Nul doute que l'oncle Timoléon n'ait été sollicité de reprendre possession de son appartement, dans la vieille maison du *Pont des Arches*, et que sa bienvenue n'ait été fêtée par un dîner fameux, composé de mets inconnus à la *Cuisine Bourgeoise*.

Septembre 1920.

Les Ridicules !

Portraits

A ma Régine,
pour ses étrennes.

I

A cause des satisfactions qu'il te procure en dehors de moi, je suis jaloux, mon amie, de l'art de peindre que tu possèdes ; je pourrais aussi justement dire qui te possède, puisque tes brosses et tes fusains te sont aussi chers qu'à moi les livres dont nous avons entouré la reliure de tant de soins ! Mais j'y songe : n'est-ce pas un sort bizarre qui réunit de la sorte, en un même lieu, nos rivaux à tous deux, j'entends par là les instruments qui nous procurent de la joie sans que l'autre nous-même soit au principe d'icelle ! C'est cependant pareille situation qui détermine la jalousie, et peu me chaut, quant à moi, que ce soit un humain, une entité philosophique ou un projet de tableau qui me ravissent tes pensées. Tous trois me sont ennemis au même titre puisqu'ils tendent également à t'éloigner de moi !

Comme tu pourrais avec autant de raison me tenir pareil raisonnement et te plaindre de ma passion pour toutes les œuvres de l'esprit, je veux prévenir ta jalousie en détournant à ton profit cette passion coupable. J'écris volontiers, certes, mais mon plaisir est plus grand encore quand c'est à toi que je m'adresse. Pour toi seule donc je vais m'essayer à t'imiter en crayonnant des portraits amis.

Si je m'empresse de la sorte de mettre un sous-titre à mes croquis, c'est que je crains que leur air débraillé ne te fasse croire qu'il s'agit de simples ébauches sans prétention à la ressemblance. Je suis à peu près, vis-à-vis de mes modèles, dans la situation du peintre dont l'œil est en perpétuel mouvement. Pas un instant, il ne sait fixer son regard sur un trait du personnage ; il saute brusquement du nez à la main droite, et de la main droite à une potiche qui bée sur un guéridon. Mille détails le sollicitent, mais parce qu'il court de l'un à l'autre, les rapports qui les lient, et dont la stricte observation donnerait l'unité au tableau lui échappent.

Ainsi quand je songe à quelqu'un de nos amis, je me souviens d'une anecdote qu'il me conta, à propos des couches de sa femme. Une fois mise en train, ma pensée se dandine, se glisse entre les pages du poème sur les accouchements, appelé, je pense, la Luciniade. Et me voilà dans mes livres. Tout à côté de cette Luciniade de malheur, nous avons placé, je pense, trois beaux volumes de La Bruyère, qui vont me conduire à Théophraste, lequel, à cause de son nom, me force à l'admiration de la théodicée de Platon. Sais-tu qu'il ferait bien dans nos rayons, ce Platon, flanqué de quelques bonnes éditions de Xénophon, d'Aristote et d'un tas d'autres gens que nous ne connaissons guère que par des monographies contradictoires ? Mais je sens bien que les monographies vont m'emmener très loin, beaucoup plus loin qu'il n'est utile pour te prouver l'allure vagabonde de mes pensées et te faire toucher du doigt l'aimant qui les attire ou plutôt l'axe autour duquel elles tournent sans fin, à une allure échevelée

Comment, dans ces conditions, vais-je faire à ton intention le portrait des personnes de notre connaissance ? Bannirai-je les livres de mes préoccupations ? Soit, essayons.

Donc, l'ami en question me parla, certain jour, des couches de sa femme. J'étais révolté de son cynisme, car son anecdote me le représentait, assis auprès du lit, et fort occupé à fixer, de son pinceau, les contractions horribles du visage de l'accouchée... Je ne suis pas peintre, et j'en bénis le ciel, car je ne voudrais pas être exposé à la tentation d'agir de la sorte. Nous vois-tu, tous deux, dans cette monstrueuse position. Non, je ne veux plus penser à ces choses, je ne veux même pas que le visage de l'ami que tu as déjà reconnu hante encore ma pensée, car elle m'entraîne à d'inhumaines évocations...

Tu vois, ma chérie, que la proscription de mes instincts de bibliophile n'a pas empêché mon esprit de s'échapper, de folâtrer en me faisant la nique. Je veux m'essayer cependant à le discipliner, à le contenir, dussé-je m'interdire pour cela la moindre métaphore, la plus innocente comparaison, et jusqu'aux figures de rhétorique. Le sacrifice, faut-il l'avouer, ne me coûtera guère, puisqu'aussi bien ai-je en horreur ces colifichets ou pompeux ou futiles, mais toujours creux.

Jusqu'ici je t'ai parlé du sous-titre avec, peut-être, infiniment trop de complaisance. Tu t'étonnes, à bon droit, de n'ouïr mot du titre. Eh bien, je n'en veux rien dire encore. Je veux attendre que les projets confus qui me tarabustent aient pris corps, car je ne suis pas beaucoup plus renseigné que toi-même sur ce qui va

suivre. J'ai écrit une introduction, et tu jugeras méri-
toire la peine que je pris quand tu sauras qu'en
m'installant devant un imposant bloc de papier vierge,
j'ignorais tout des pensées que j'allais aligner. Cependant, je t'ai promis des portraits. Si par aventure je me
laissais entraîner jusqu'à oublier cette promesse,
j'espère que tu ne m'en tiendrais pas rigueur, car tu
peux juger, dès à présent, de l'étendue de ma bonne
volonté.

Messieurs les critiques, et Voltaire lui-même, qui,
soit dit entre nous, n'était pas éloigné du purisme, me
blâmeraient fort, si par malheur ils trouvaient un
lambeau de ma prose immolé là où les bienséances
m'interdisent d'évoquer sa présence. Mais en dépit de
leur bon sens reconnu et garanti par toutes les Acadé-
mies et Expositions Universelles, je n'en maintiens pas
moins que ce serait besogne inutile que d'élaborer un
plan minutieux, inspiré par des soucis d'ordre et
d'harmonie. En effet ce plan une fois conçu, mes catins,
comme dirait Diderot, trouveraient bien le moyen de
vagabonder encore, en dépit de sa solidité et de mes
sévères rappels à l'ordre.

Au fait, pour que tu n'aies aucun doute sur mon
respect des règles académiques, ce plan inutile, je vais le
fabriquer séance tenante, et t'en faire part, dès l'introduction. J'alignerai donc, dans cette galerie, où je
prévois des cadres grands et petits, des toiles sombres et
de flamboyantes, des trognes émerillonnées et des
roides visages. J'alignerai, dis-je, un bon petit rapin naïf
et roué à la fois, tout à côté d'un étudiant digne déjà de
siéger en l'illustre Académie de Belgique. Comme
pendant j'accrocherai, malgré mes préventions, le bon-

homme à l'accouchée, qui tiendra compagnie à un excellent jouvenceau gentil tout plein et sage autant qu'oncques ne vit vierge. Enfin, si j'en ai le loisir, je t'inviterai à rire avec moi d'un pédant fieffé qui se pique de littérature, se pique d'art, se pique de science, de philosophie et de tout, d'un agréable cuistre enfin qui a de l'ambition autant que quatre, mais de l'amour autant que cent.

II

Les peintres commettent à mon sens une faute contre la logique en peignant d'abord le personnage d'un portrait, pour s'occuper ensuite du décor. L'individu, en effet, n'acquiert toute sa psychologie que présenté dans le cadre qui lui est propre et sans lequel il ne sera souvent qu'une énigme.

Mais je feins de croire qu'il est du ressort des peintres de penser, alors que la sensation seule est leur loi. Ne m'en veux pas, je te prie, de cette opinion qui est à la fois pédante et entière.

Donc pour ne pas tomber sous le coup de ma propre critique je vais te faire parcourir ma galerie avant de t'arrêter devant les tableaux qui l'ornent. Ma galerie, tu la connais bien, et tu n'en goûteras que mieux le plaisir d'y séjourner ; ma galerie, c'est ton propre atelier, où durant un hiver, nous tînmes, avec nos amis communs, des conciles dignes de l'Hôtel Rambouillet.

Je parle d'amis communs, d'amis à nous, tout comme si, dès lors, j'avais été pour toi autre chose qu'un membre quasi anonyme, en tout cas très peu saillant de cette pléiade. Mais non, je n'étais pas dans la foule, je n'étais pas une unité grossissant un nombre, puisque, dans mon esprit déjà, nous ne formions qu'un, et que nous recevions chez nous, des personnages qui avaient, faute d'autre mérite, celui de nous amuser.

Comme c'est là un débat qui menace d'autant plus de s'éterniser que j'y prends beaucoup de plaisir, je précise ma description, ou plutôt j'aborde ma narration, car je veux que mes portraits vivent, s'agitent, parlent, gesticulent, plaisantent et discutent. Qu'ils discutent surtout car ce trait suffira à leur assurer la ressemblance.

Auprès du petit poêle que je recharge toutes les dix minutes, non que la température soit rigoureuse, mais parce que la chaleur de l'air met la fièvre dans les esprits, auprès du petit poêle, j'ai choisi la meilleure place. Je choisis toujours la meilleure place, et nul ne me la dispute, puisque nul n'est présent quand je fais mon entrée. La maîtresse du logis est à mes côtés, éternellement à mes côtés. Elle a beau faire, il n'en fut et n'en sera jamais autrement, tant le hasard met de malice à mon service.

Les uns après les autres les fauteuils se garnissent, et voilà mes modèles, les originaux de mes portraits qui s'installent et se chauffent les mains ou les pieds pour s'occuper en attendant que la conversation s'anime. Quelqu'un manque à l'appel... Non, le voilà qui arrive. Mes portraits sont au complet.

Avant de te les présenter, veux-tu me permettre, bien chère, de t'apprendre ce qui va se passer. Cela tient en un mot, que je pourrais te définir de cent façons diverses et contradictoires : discuter.

Quel art plus difficile que celui-là, quel art exige plus de tact, de doigté, de contrôle de soi-même, de présence d'esprit ; quel art procure autant d'agrément. Par contre, existe-t-il une occupation plus apte, en remuant le tréfonds des cœurs, à faire monter à la surface toute la boue des petites mesquineries, des ridicules, des vanités, de la fausse sentimentalité !

Mais non, je divague, je te récite là un lambeau rapiécé d'un vieux devoir de style, où sans doute il fallait caser une douzaine de points exclamatifs. La discussion, ce n'est rien de tout cela ; c'est chose moins conséquente. Pour discuter avec quelque agrément il s'agit tout d'abord de se garder d'avoir un sujet. Flanquée d'un sujet en effet, sur lequel chacun dit son mot, ce n'est plus une discussion, mais une simple conversation sans intérêt aucun.

Donc, mes gens parlent, sans savoir à quel propos ; ou du moins, si chacun a le droit de suivre sa pensée, les autres doivent tout en ignorer. En d'autres termes, la règle du jeu exige que chacun, bien imprégné d'une idée, fixe comme une hantise, soit décidé à ramener coûte que coûte chaque phrase prononcée par les autres à cette idée. Comme tu peux t'en rendre compte, c'est bien plus plaisant que le charivari le mieux organisé.

Je veux te donner un exemple de l'effet obtenu. Le rapin naïf et roublard dont je t'ai parlé en passant vient de dévorer vingt pages de Léon Bloy tandis que le futur membre de l'Académie de Belgique s'est fort ennuyé à la lecture de *Madame Bovary*. Aucun des deux ne parle des livres susdits. N'empêche que le premier, avec une exaltation entretenue par lui comme une raison sociale ou un trait de beauté, se lance à corps perdu dans la défense du mysticisme qu'il a découvert tantôt.

L'académicien, qui entend les mots de spiritualisme,

d'extase, et qui s'inquiète peu de savoir à quelle fin on les emploie, à quelle idée on les rattache, n'attend pas la fin du premier discours pour faire en termes mesurés mais incisifs le procès de toute doctrine littéraire étrangère au réalisme. L'autre continue de parler ; le second s'acharne et sa voix s'enfle selon la plus géométrique des progressions.

Se contentera-t-on d'un banal duo ? Non, voilà que le sympathique éphèbe s'élève contre le matérialisme, et comme il est en période de mue, sa voix se marie de piquante façon avec les deux autres. Un quatuor ? Pourquoi pas ; le rustre à l'accouchée s'en chargera, et comme il a horreur des mots en isme, il glapira pour tâcher de mettre l'accord.

Maintenant que le jeu est en train, il semble qu'il n'y ait aucune chance de le voir finir. Il n'y en a pas en tout cas pour les concurrents d'être proclamés vainqueur. Chacun a raison, et chacun aura raison jusqu'au moment où quelqu'un qui se sera contenté du rôle de spectateur fera remarquer que, dans l'attente d'une solution, le temps n'a pas suspendu son cours. Ai-je dit qu'en cette affaire, les injures, les sarcasmes et les brocards tenaient lieu d'assaisonnement et que chacun en dispensait selon ses forces ? Tu sais maintenant, ma chère, que la discussion n'a rien de tragique, de lugubre ou de solennel, que c'est en quelque sorte le divertissement par lequel les gens d'esprit remplacent le poker, les dominos ou le whist trop bourgeois, en vérité.

A présent, veux-tu que, de concert, nous nous riions des partenaires ?

III

Il faudra, ma mie, que parmi les portraits que je crayonnerai dans l'intention de te réjouir pendant mon absence, la première place soit octroyée au paradoxal rapin qui allie en sa personne la candeur et la roublardise. Si j'agis de la sorte, c'est qu'il ne me laisserait de répit que je n'aie parlé de sa personne, car il préfère qu'on en dise pis que pendre que de faire silence à son sujet.

Quel bon apôtre, ce rapin à la peau mate de jeune femme et au regard langoureux de raccoleuse ! Il suffit qu'il rencontre quelqu'un, qui que ce soit, pour qu'aussitôt le sourire de Jérôme Coignard lui-même illumine sa face. Il n'en faut pas davantage pour allumer chez lui un enthousiasme qui sommeille toujours à l'état de veilleuse. Une phrase, un mot, un geste de son interlocuteur, et le voilà qui s'échauffe, qui déclame sur des sujets divers autant que grandiloquents. Les entités sans signification précise, les entités qui sonnent comme les mots mystérieux d'une société secrète, et qui donnent l'allure d'un initié à ceux qui les prononcent, jouissent, auprès de mon bonhomme, d'une préférence marquée.

Les mots : métaphysique, art pur, mysticisme, beauté, inspiration, éternité, souffle, âme, reviennent cent fois dans ses discours, et d'une semaine à l'autre, changent de sens comme les hommes changent d'habit. Dieu passe tour à tour par les états de principe créateur inconscient, d'harmonie universelle, de force aveugle, d'être parfaitement bon et puissant, de hasard, sans compter l'état de néant. L'art qui hier était l'expression de la beauté devient aujourd'hui celle de l'intelligence et sera demain l'extériorisation du sentiment...

Mon rapin a beaucoup d'indulgence aussi pour les mots pittoresques qu'il répète sans s'inquiéter de leur opportunité. C'est ainsi qu'un mois durant il répétait à tout moment, comme une onomatopée :

Rapin Rapé, Rapsodes...

Et nul n'a su si c'était là le premier vers d'un poème, la clef du groupe spirite ou l'invocation des Rouge-Croix.

T'ai-je dit que ce cabotin sympathique, surnourri d'un mélange indigeste de liturgie et de littérature profane, s'est plu à se peindre en grand prêtre, en poitrinaire romantique, en marchand de marrons, que sais-je ? T'ai-je fait part de la joie qu'il goûte à s'entendre chanter, d'une voix qu'il étouffe à plaisir, des mélopées effrayantes de langueurs ?

Mais jusqu'ici, je n'ai décrit que la moins savoureuse moitié de mon phénomène. C'est dans l'ivresse qu'il faut le voir, au cours d'une saoulerie qu'il convient d'en admirer tout le pittoresque. Un verre de vin le fait chanter ; un second provoque une explosion d'allégresse et le troisième insuffle en lui une âme d'apôtre. Le menton gras, l'œil mouillé, il est magnifique alors, mon rapin, déclamant avec des sanglots dans la voix, pleurant sur la détresse humaine, s'offrant en holocauste à une cause quelconque, qui change à chaque ivresse nouvelle. Ciel, qu'il ne boive pas le quatrième verre ! Gardez-vous de le lui verser. Voyez, imprudent que vous êtes, le voilà maintenant tout secoué des spasmes de la plus vive douleur. Ecoutez-le, ce malheureux trahi par les siens, jeté en pature aux méchants qui disputent sur sa dépouille. Entendez ses malédictions et tremblez sur le genre humain ! Mais non, soutenez plutôt mon apôtre qui chancelle, ouvrez cette fenêtre... Vite, un verre d'eau ! Bon ! Laissez-le !...

Cher rapin, mon pauvre ami, pourquoi faut-il que ces pensées que tu exprimes avec tant de chaleur, et qui te valent une petite cour d'aspirants artistes, pourquoi faut-il que ces pensées, ce soit aux autres que tu les voles... Cinq minutes te suffisent pour dévaliser un ami de tout ce qu'il a dans la cervelle ; et cinq autres minutes ne te sont même pas nécessaires pour trouver un auditeur auprès duquel tu liquideras ton larcin. A force de te gaver de l'esprit des autres, le tien souffre d'indigestion, et périodiquement c'est au vin qu'incombe le soin de le purger.

Que tu serais ridicule, ami, et bien digne d'ouvrir ma série de portraits si une inaltérable couche de sincérité ne servait de doublure à ton étourdissant cabotinage !

IV

Pourquoi faut-il que les hommes s'acharnent à ressembler à un idéal quelconque forgé par leur vanité, au lieu d'être pleinement et sincèrement eux-mêmes ? Presque toujours ils perdent au change, et ne réalisent que des types étriqués dont les actions sentent l'emprunt et les sentiments le magasin d'accessoires !

Mon homme à l'accouchée, qui possède un solide talent, serait un brave garçon sans ridicule s'il ne s'était mis en tête de jouer son petit bourru, son rustre. Parce qu'il veut paraître une brute indomptée, il n'est plus en réalité qu'un pantin falot dont les gestes n'ont aucun sens. En somme, mieux vaut qu'il en soit ainsi, pour notre ébaudissement et pour l'achèvement de ma galerie de ridicules. Il tire d'ailleurs profit de son étrangeté puisque, lui servant d'enseigne, elle éveille l'attention des badauds.

La reconnaissance me fait hésiter de médire de ce faux bourru ; car, tu t'en souviens, chère amie, c'est en parlant de lui que nous avons appris à nous connaître. Que lui importe, il est vrai, les rires qu'il n'entend pas ?

Moquons-nous donc, mais à voix basse afin de ne pas l'attrister.

Il est pittoresque ce peintre des enfantements, avec sa barbe de satyre, son menton de chien hargneux et sa crinière de fauve. Si pittoresque qu'il ne dut pas avoir peine à se persuader de sa propre sauvagerie. Pourquoi faut-il que son cœur ne contienne le moindre instinct farouche ; pourquoi les dieux, ironisant sans doute, bourrèrent-ils cette peau de lion de molle timidité ? Sans aucun doute pour me donner matière à sarcasmes, pour me secouer d'un rire bienfaisant comme une purge !

T'imagines-tu, amie de mon cœur, un fauve encagé avec d'aimables tourtereaux, qu'il effraye de ses gros yeux féroces et de ses griffes monstrueuses, te l'imagines-tu, je te le demande, blotti dans un coin, par crainte de l'inoffensif roucoulement des bestioles ? Juge alors du suivant spectacle : un quartier de bœuf, saignant et fumant encore est lancé dans la cage et tombe auprès des tourtereaux. Le lion affamé le voudrait dévorer, et faire son dessert des volatiles. Cependant il tremble, se ronge les griffes, affirme sa peur, tant et si bien que les oisillons ironiques, à tout petits coup de bec, lentement, prenant leurs aises, se faisant des grâces, et roucoulant pour se mettre en appétit, dépècent le quartier de bœuf.

Mon portrait n'est-il pas folâtre, et ne faut-il pas louer la nature qui réserva aux hommes seuls, de drolatiques disproportions entre le cœur et le pelage ?

Car tu l'as compris, toute belle, mon lion n'est pas un lion mais un peintre. Un vrai fauve aurait avalé les aimables oiseaux en guise d'apéritif, et se serait ensuite maculé la gueule et les pattes du sang qu'exprime la viande fraîche. J'ai seulement voulu te divertir en attendant de te dire à l'oreille le nom des tourtereaux convoités.

J'aurais mon homme en grand pitié si son aspect rogue et hargneux lui était imposé de nature. Mais comment le plaindre, alors qu'on l'a vu, certain jour de cérémonie, les crins civilisés, la barbe bien peignée, faisant figure de brave garçon dans le seul intérêt d'être présenté à un très gros personnage ? En somme, vois-tu, ma chère, il ne peut être question avec ces sortes de sauvages, que de coup de ciseaux et de peigne !

V

Pourquoi ne peindrais-je mes deux autres personnages sur une même toile, puisqu'ils ne se rencontrent
pas plus l'un sans l'autre que les côtés d'un triangle!

Car le futur académicien, qui a déjà la superbe de sa
gloire à venir n'est rien, pas même académicien, sans le
naïf éphèbe, et celui-ci, de son côté, ne pourrait vivre
vingt-quatre heures sans l'aide de son ami.

Tu me demandes la raison de ce besoin d'union?
Parce que mes deux lascars ne parviennent à constituer
à peu près un homme, qu'en mettant ensemble leurs
facultés à tous deux. Si, à la rigueur, l'académicien
pouvait, seul, faire plus ou moins figure d'être complet,
le jouvenceau, en tous cas, a un besoin perpétuel
d'assurance, de confiance en lui-même que lui octroie
généreusement son alter ego.

Comment en serait-il autrement, alors que ce grand
diable réunit en lui toutes les naïvetés dont l'humanité
est parvenue à conserver quelques exemplaires? Il
apprit le grec, le latin, la géométrie, l'histoire, mais
aucun maître n'a songé à lui enseigner la façon de parler
aux femmes, ni aux hommes d'ailleurs. Il a lu trois

bibliothèques, dans lesquelles nul livre ne lui a parlé de l'art de conduire sa propre vie.

En bref, toute sa science ne lui sert de rien, parce qu'il manque de l'adresse qui la rend profitable, du doigté qui la met en valeur. L'autre possède moins de science, mais il a retenu assez de dates et de noms propres pour servir à point une prestigieuse citation.

Mais peu t'importent ces choses ennuyeuses. Ne vaut-il pas mieux conter comment nos deux amis s'amusent ? Sache donc qu'ils décident, huit jours d'avance, de passer une soirée agréable. A de rares occasions, ils disent « faire la noce ». Le grand dadais savant se réjouit à grand fracas et laisse à l'académicien plein d'expérience le soin de déterminer le genre de plaisir qu'on goûtera.

Au jour dit, les voilà qui sortent, dans une toilette laborieuse à lasser le plus patient des miroirs. L'homme d'expérience conduit le jouvenceau dans les rues les plus encombrées de la ville, et le promène, d'un trottoir à l'autre, en attendant qu'il ait trouvé le divertissement convenable. Quand l'autre est déjà fatigué, l'expérience propose le théâtre, mais on s'avise alors que le premier acte est terminé depuis belle lurette.

Après le théâtre, c'est un autre spectacle, qui lui aussi est trop avancé pour allécher encore nos amis. Ce petit jeu, qui consiste à courir d'une rue à l'autre, à s'informer des pièces qui tiennent l'affiche, des films de la semaine, dure très longtemps, et il a le don d'amollir singulièrement les jambes et de remplir la cervelle d'une irrésistible soif de repos.

Cependant, puisque l'homme d'expérience a décidé que l'on s'amuserait, il s'agit de s'amuser quand même, et pour ce, on s'attable un quart d'heure durant dans un banal café d'où l'on sort pour rentrer chez soi !

Mais je m'aperçois, chérie, que malgré la peine que je me donne, ma couple de portraits n'est pas ridicule du tout. Cela tient sans doute à ce que la mince provision d'esprit, que j'avais amassée en pillant les bons auteurs, est depuis longtemps dépensée. Comme portrait ridicule, je ne pourrais plus te servir que celui du cuistre pédant dont je t'ai parlé ce tantôt. De celui-là, tu te moques assez chaque soir, pour qu'il soit inutile d'en parler ici. Et puis, en vérité, je lui connais par trop de défauts pour les traiter sans amertume.

VI

Ceci, chérie, n'est pas un conte ; des portraits, je ne dirai rien, car il me faudrait les relire. Qu'il me suffise de t'avertir que j'ai voulu sans prétention t'offrir quelques pages pour tes étrennes, et comme il leur fallait un titre, j'y ai écrit : *Les Ridicules.*

Un sage auteur a dit, en parlant de théâtre, qu'il est des titres dangereux, parce qu'ils font trop beau le jeu de la critique. *Les Ridicules* est de ceux-là, et j'en gémis, parce que je m'aperçois qu'en l'affaire il n'y a qu'un sot et que ce sot, c'est moi !

Georges SIM.

Ecrit ces 24 et 25 novembre 1921.

TABLE